Elisabeth Etz

Alles nach Plan

Roman

zaglossus

Für diesen Text erhielt die Autorin das Mira-Lobe-Stipendium des Bundesministeriums für Unterricht, Kunst und Kultur (heute: Sektion II „Kunst und Kultur“ im Bundeskanzleramt Österreich).

Gedruckt mit freundlicher Unterstützung durch die Kulturabteilung (Magistratsabteilung 7) der Stadt Wien.

WIEN KULTUR

Bibliografische Information der Deutschen Nationalbibliothek
Die Deutsche Nationalbibliothek verzeichnet diese Publikation in der Deutschen Nationalbibliografie; detaillierte bibliografische Daten sind im Internet über http://dnb.dnb.de abrufbar.

1. Auflage 2015

Umschlag: shutterstuck.com/lavandaart
Druck: Prime Rate Kft., Budapest
Printed in Hungary
ISBN 978-3-902902-31-3

Zaglossus e. U.
Vereinsgasse 33/12+25, A-1020 Wien
E-Mail: info@zaglossus.eu
www.zaglossus.eu

1

Es gibt nicht viele Dinge, die man über mich wissen muss.

Vielleicht Folgendes:
Ich heiße Anna.
Ich bin 16.
Ich rauche nicht.
Ich trinke nicht.
Ich habe keinen Sex.
Ich bin noch nicht mal verliebt.

Normal ist das nicht.

Ich habe eine Liste gemacht. Darauf steht, was ich möglichst bald erleben sollte. Es gibt so viele Bücher, wo drinsteht, was sich tut in meinem Lebensabschnitt. Pubertät und so. Hormone schießen wie wild um sich, Schmetterlinge toben in Bäuchen herum und bahnen sich ihren Weg durch Gesichtsporen nach draußen.

Ich hab nicht mal Pickel.

„Sei froh", sagt Isabel.

Isabel ist meine beste Freundin. Man soll ja eine beste Freundin haben.

Isabel hat Pickel. Unmengen. Dafür ist sie verliebt. Ich glaube sogar, sie hatte schon mal Sex.

To-dos im nächsten Jahr

1) mit jemandem schlafen
2) mit Drogen experimentieren
3) die Party meines Lebens feiern
4) autostoppen
5) auf ein Open-Air-Festival fahren
6) Schule schwänzen und stattdessen etwas Aufregendes erleben
7) mich verlieben

Isabel wirft einen Blick auf die Liste. „Scheint, als hättest du viel zu tun in den nächsten zwölf Monaten." Sie sieht mich besorgt an. „Übernimm dich mal nicht."

2

„Punkt 3 kannst du morgen früh vielleicht schon abhaken.“ Isabel sieht mich erwartungsvoll an.

Ich verdrehe die Augen. „Nur weil du uns auf diese komische Silvesterparty eingeladen hast?“

„Ja genau! Und komisch bist du höchstens selber.“

„Da kenn ich doch niemand“, protestiere ich.

„Ist doch egal. Sag mal, wie willst du jemals auch nur einen Punkt deiner Liste erledigen?“

Wo sie recht hat, hat sie recht.

Also stapfe ich hinter Isabel durch die Stadt. Keine Ahnung, wohin. Isabel hat eine Party aufgetrieben, das reicht. Irgendwo muss ich ja anfangen.

Die Menschen auf der Straße sind völlig euphorisch, weil morgen ein neues Jahr beginnt. Als ob ein neues Leben beginnen würde. Was müssen das für Leute sein, die sich von so etwas begeistern lassen?

Die Wohnung ist angefüllt mit Menschen, die ich nicht kenne. Wir steigen über Taschen und Schuhe. Es gibt Begrüßungsdrinks, grün und süß. Blue Curaçao und Orangensaft. Begrüßungsdrinks finde ich gut.

Ich bin nicht besonders gut im Party-Machen. Also stehe ich herum. Ich trinke verschiedenste Dinge. Ich stecke mir Salzbrezeln in den Mund. Ich wippe mit dem Fuß zur Musik.

In regelmäßigen Abständen hält mir Isabel ihr Handy hin, um mir zu zeigen, was Marek ihr geschrieben hat. Marek ist der, in den sie verliebt ist. Aus Brno, Tschechien. Hat sie im Sommer kennengelernt, als seine Klasse in der Kleinstadt, in der ihr Vater jetzt lebt, auf Sprachaustausch war. Isabel ist stolz auf das Wort „Fernbeziehung“. Sie findet, es klingt erwachsen.

Ich finde die Nachrichten auf ihrem Handy langweilig. Aber immerhin, sie ist verliebt und ich nicht.

Ich beobachte die Typen um mich rum. Vielleicht schaffe ich es ja heute Abend auch?

Kurz vor Mitternacht kommt ein Mädchen auf mich zu.

„Darf ich?“ Sie fischt ein Apfelstück aus meiner Bowle. „Komm, gleich ist Mitternacht. Wir beide stoßen an.“

Ich sehe sie verwirrt an. „Stoßen wir nicht mit allen an?“

Sie nickt. „Schon, aber wir beide ganz besonders.“

Ich frage nicht, warum. Manche Dinge muss man nehmen, wie sie kommen. Wir gehen in den Nebenraum. Das Mädchen macht ein Fenster auf.

Stimmen werden laut. „Fenster zu, hier frieren doch alle ab.“

Das Mädchen ignoriert die Stimmen. Zeigt den dazugehörigen Menschen den Mittelfinger. Legt mir den Arm um die Schulter und lehnt sich aus dem Fenster.

Der Wind bläst uns durch die Haare. Schöne Haare hat sie.

„Zehn – neun – acht – sieben ...“

Wir zählen mit. Schreien gegen den Wind an. Meine Haare wehen ihr ins Gesicht. Sie lacht und streicht sie weg. Streicht sie mir hinter die Ohren.

„Sechs – fünf – vier – drei ..."

Ich will nie wieder aufhören, hier zu stehen.

„Zwei – eins ..." Geschrei.

Wir stoßen an und fallen uns um den Hals. Glockenläuten aus dem Radio. Irgendwer will Walzer tanzen. Nicht wir. Wir lehnen uns aus dem Fenster, so weit es geht. Lichter knallen in die Luft. Wir ganz oben. Vielleicht haben all diese Leute recht. Vielleicht beginnt wirklich ein neues Leben.

3

Am übernächsten Morgen wache ich so früh auf wie noch nie. Ich habe den Neujahrstag komplett verschlafen. Es sind Ferien, noch immer. Was nun? Ich rufe Isabel an, wie immer.

„Ich lasse mir den Bauchnabel piercen", sagt Isabel am Telefon.

„Aha." Ich beschließe, diese Information zu ignorieren. „Wer war denn die zu Silvester?"

Isabel weiß sofort, wen ich meine. „Die, mit der du fast aus dem Fenster gesprungen bist?"

„Mhm."

„Mona. Die ist Frontfrau bei *Zeitpunk*."

„Aha. Kenn ich nicht."

„Die haben morgen ein Konzert."

„Aha."

„Aha mich nicht dauernd! Wir gehen da hin. Simon kommt auch."

„Wer ist Simon?"

„Du weißt schon ... Simon. Der dir auf der Party so gut gefallen hat."

„Ach so, der."

Ich habe keine Ahnung, wovon Isabel spricht. Aber egal. Ich lasse die Silvesterparty vor meinem inneren

Auge ablaufen. Ist das nun die Party meines Lebens gewesen? Ich weiß nicht. Bis auf Mona war sie eigentlich eher langweilig. Also noch immer 7:0. So schnell geht das anscheinend nicht.

Isabel und ich kennen einander schon aus dem Kindergarten. Isabel war die mit dem rosa Rüschenkleidchen, und ich hab sie erst mal ziemlich blöd gefunden. Sie mich bestimmt auch, wie ich an der Wand lehnte und mit dem Finger im Mund den anderen Kindern beim Spielen zusah. Isabel hat schon im Kindergarten unheimlich viel geredet, und als mir das einmal zu viel wurde, habe ich ihren Kopf ins Aquarium getaucht. Ich kann mich nur vage daran erinnern, aber meine Mutter bekommt jedes Mal Tränen in den Augen vor Lachen, wenn sie die Geschichte erzählt. Obwohl sie nicht mal dabei war.

Isabel und ich haben einander danach aus den Augen verloren. In der Volksschule war Snežana meine beste Freundin. Blöderweise durfte die aber nicht mit mir aufs Gymnasium gehen. Dafür traf ich dort Isabel wieder. In der ersten Pause holte sie nach, was sie sich damals geschworen hatte – sie drückte mir den nassen Schwamm ins Gesicht. Von da an waren wir Freundinnen.

Isabel war praktisch. Sie wohnte in der Nähe, übernahm in unangenehmen Situationen das Reden für mich, und was das Beste war, ich kannte sie eigentlich schon. Ich musste mich also nicht anstrengen, jemand Neues kennenzulernen.

4

Mona stellt sich vor dem Mikrophon auf und schlägt ein paarmal mit dem Fingerknöchel dagegen.

Das Mikro geht an, ein schriller Ton bohrt sich in mein Trommelfell. Mona presst die Hände gegen die Ohren, verzieht das Gesicht, macht Zeichen nach hinten.

„Ähm ... also wir sind *Zeitpunk* und es wird noch ein bisschen dauern."

Verdammt, sieht die gut aus.

Isabel erzählt irgendetwas, das mich nicht interessiert. Ich muss ihr nicht zuhören. Ich muss nur schauen. Mona, wie sie an den Reglern rumdreht. Mona, wie sie dem Gitarristen die Hand auf die Schulter legt. Mona, wie sie mir die Hand auf die Schulter legt. Am Fenster. Mit Feuerwerk.

Jemand rüttelt mich unsanft am Arm und statt Mona sehe ich Isabels zusammengezogene Augenbrauen.

„Schau mal, da drüben ist Simon!"

Ich brumme etwas, das alles bedeuten kann und nichts.

Isabel winkt in Simons Richtung. „Huhu! ... Schau doch mal her."

Enttäuscht lässt sie ihre Hand sinken. „Der sieht uns nicht. Ich schreib ihm mal – noch besser, schreib du ihm."

Unwillig schüttle ich den Kopf.

Isabel seufzt. „Wenn du dich so anstellst, dann wird das nie was, das kann ich dir gleich sagen. Ich geh mal was zu trinken kaufen. Was willst du?“

„Egal.“

„Okay, bring ich dir.“

Und dann singt Mona. Zwischendurch kündigt sie die Songs an, macht Witze, lacht. Einmal winkt sie in meine Richtung. Rund um mich stehen so viele Leute, dass mir klar ist, sie meint damit nicht mich.

Nach dem Konzert zerstreut sich das Publikum. Einige gehen an die Bar, andere zu ihren Sachen. Ich lehne mich an die Wand und schaue *Zeitpunk* beim Bühnenabbau zu. Abbauen, quatschen, dann springt Mona von der Bühne und verschwindet Richtung Klo.

Als sie zurückkommt, geht sie ganz knapp an mir vorbei. Ich grinse dämlich und winke. „Hallo.“

Mona strahlt mich an. „Da bist du ja!“, ruft sie.

Ich weiß nicht, was ich sagen soll, und grinse nur. Ja, da bin ich. Du bist auch da. Und jetzt?

„Du warst super“, sage ich.

Mona kneift die Lippen zusammen und wiegt den Kopf. Lächelt. „Na ja“, sagt sie. „Danke.“

„Ich seh euch zum ersten Mal.“

Mona lacht. „Na, dann kann's ja nur besser werden.“

„Wieso, was war denn los?“

Mona deutet mit dem Kinn auf einen Typen, der auf der Bühne Sachen in eine Tasche verstaut. „Un-stim-mig-keiten.“ Mona spricht das Wort so übertrieben aus, dass ich lachen muss. Ich versuche trotzdem, verständnisvoll dreinzuschauen.

„Deswegen waren wir auch nicht gut heute. Wenn du wüsstest, wie Steff mich nervt. Eigentlich soll ich mit ihm nach Hause fahren. Wegen dem ganzen Zeug und so. Aber dazu habe ich echt keine Lust. Ich will einfach nur weg hier."

„Hm."

Wieder schaut sie mich an und sagt nichts. Ich auch nicht. Sie scheint auf irgendetwas zu warten. Außer ‚hm' fällt mir aber nichts ein.

„Na dann. Ich geh mir mal ein Bier holen."

Und weg ist sie. Ein schöner Rücken kann auch entzücken.

Wenn ich jetzt nichts tue, dann tue ich nie etwas. Also bewege auch ich mich langsam zur Bar, unschlüssig, was ich jetzt machen soll. Ich sollte mich schnellstens erinnern, welche Wörter ich außer ‚hm' noch kenne. Langsam dränge ich mich durch die Leute. Tippe Mona auf den Rücken, die sich gleich umdreht, ohne bestellt zu haben.

Ich hätte nie geglaubt, dass ich einmal sagen werde, was ich sage.

Nämlich: „Gehen wir zu mir."

Wie im Film. Na ja, fast. Ich schreibe Isabel schnell eine Nachricht, dass ich gehe. Falls sie sauer sein sollte, werde ich mich morgen bei ihr entschuldigen. Diesen Moment darf ich jedenfalls nicht verpassen.

Die einzige schöne Stelle in unserem Aufzug ist der Spiegel, aber auch nur, wenn sich etwas Schönes darin spiegelt. Was selten der Fall ist. Ich muss mich zusammenreißen, nicht ständig auf Monas Haare zu starren, die mir spiegelverkehrt entgegenstrubbeln. Ich glaube, ich bin Haarfetischistin. Allerdings weiß ich nicht genau, was eine Fetischistin ist. Also bin ich wohl doch keine.

Als ich die Wohnungstür aufsperre, bleibt sie hinter der Fußmatte stehen.

„Bist du sicher, dass niemand zu Hause ist?"

Richtig schüchtern wirkt sie. Ich glaube, ich mag es, wenn sie schüchtern ist.

„Garantiert niemand", versichere ich ihr. „Meine Eltern sind für zwei Tage zu meiner Tante gefahren und Geschwister hab ich meines Wissens keine."

„Und sie kommen auch garantiert nicht überraschend zurück?"

Überraschungen kann man nicht garantieren. Aber ich schüttle den Kopf, so heftig, dass er wehtut.

„Eltern machen mich immer nervös", sagt Mona.

Meine Eltern würden Mona bestimmt nicht nervös machen, aber das sage ich nicht. Ich bin mir aber sicher, dass Mona sich bei meinen Eltern wohlfühlen würde. Vermutlich wohler als bei mir. Alle meine Freundinnen haben sich besser mit meinen Eltern verstanden als mit mir. Deshalb habe ich wohl auch keine. Außer Isabel.

„Du hast so coole Eltern, ich beneide dich!" Diesen Satz kann ich nicht mehr hören. Alleine im Zimmer zu sitzen und meine vermeintliche neue Bekanntschaft in der Küche mit meiner Mutter lachen zu hören, ist nicht so toll. Mona braucht sich keine Sorgen zu machen. Ich nehme niemand in die Wohnung mit, wenn die Gefahr besteht, meinen Eltern zu begegnen.

Sofort bestätigt Mona meine Befürchtungen. Sie zieht einen Marx-Band aus der Reihe im Regal und dreht sich zu mir um. „Lesen deine Eltern so was?“

Ich verdrehe die Augen. „Sie haben es herumstehen.“

„Man soll seine Eltern nicht unterschätzen“, sagt Mona.

Das gibt’s nicht. Meine Eltern sind nicht mal da und Mona findet sie schon interessanter als mich. Sie zieht ein Heft aus dem Regal.

„‚Anarchist Studies‘“, liest sie vor. „Wow“, sagt sie. „Meine Eltern lesen nur die Kronen Zeitung. Die würden das hier sofort verbrennen.“

„Ich kann meinen Eltern ja ausrichten, dass du sie kennenlernen willst“, sage ich trocken.

Mona sieht mich irritiert an. „Ich sagte doch, Eltern stressen mich.“

„Sorry.“

Ich würde ihr gern über die Haare streichen oder über die Schulter.

„Willst du einen Tee?“, frage ich sie. Ich habe gehört, dass Tee neutral ist und man ihn quasi immer anbieten kann. Leute, die Tee trinken, kann man in keine Kategorie einstufen. Ich laufe also nicht Gefahr, mich als uncool zu outen.

„Tee wäre cool", sagt Mona auch, die es sich mit einem Buch – den Titel kann ich nicht sehen – auf dem Sofa bequem macht. Ich gehe inzwischen in die Küche und kriege eine leichte Krise vor dem Teeregal, weil ich nicht weiß, welchen Tee Mona will. Noch mal fragen käme mir aufdringlich vor. Ich verfluche meine Mutter, die jede Woche eine andere Teemischung anschleppt. Können wir nicht einfach FixMille, FixButte und FixKräutli herumstehen haben wie jeder normale Haushalt auch?

Schließlich entscheide ich mich für Earl Grey mit Jasminblüten und nehme den Fluch an meine Mutter zurück. Earl Grey Spezial wirkt auf alle Fälle edler als ein in die Tasse geklatschter Supermarkt-Teebeutel. Als ich mit Kanne und zwei Tassen ins Wohnzimmer komme, sitzt Mona mit dem Buch auf dem Sofa, aber sie hat nicht mal die erste Seite aufgeschlagen. Sie sitzt einfach da und starrt in die Luft.

„Danke", sagt sie und nimmt ihre Tasse. Wärmt ihre Hände daran. „Ich hab immer so kalte Finger."

„Ich auch." Immerhin eine Gemeinsamkeit.

Wir trinken Tee und schweigen. Ich entspanne mich allmählich.

Mona scheint es nicht zu stören, dass ich wenig sage.

„Das kotzt mich alles so an", sagt sie. „Ich meine, *Zeitpunk* ist Pauls Band, das ist nun mal so. Da braucht nicht jemand wie Silvie kommen und sagen, ich soll mich mehr durchsetzen. Wir vertreten schließlich die gleichen Ideale. Und Steff ist überhaupt nicht auf meiner Seite.“

„Silvie ist Steffs Freundin?“, frage ich nach.

„Kindergartenfreundin“, erklärt Mona knapp. „Beste Freundin oder wie man so was nennt.“

„Und welche Ideale vertretet ihr?“, frage ich vorsichtig.

Mona murmelt etwas von Anti-Kommerz und nimmt einen Schluck Tee.

„Silvie kennt sich doch nur aus mit ihrem Zwergen-und-Elfen-Scheiß“, sagt sie dann wütend. „Und glaubt, sie kann auch im wirklichen Leben mitreden.“

Zwergen-und-Elfen-Scheiß? Ich traue mich nicht, zu fragen.

„Ich finde nicht, dass Steff darauf hören sollte, was sie sagt“, fährt Mona fort.

Steht Mona auf den?

Steht die überhaupt auf Männer?

So was kann man ja nicht automatisch annehmen, hab ich gehört.

Aber woran erkenne ich das?

„Vielleicht bist du eifersüchtig?“, versuche ich es.

Mona fährt herum und funkelt mich wütend an. „Das hat doch mit Eifersucht überhaupt nichts zu tun. Aber Steff, der macht doch nur, was Silvie sagt. Der hat überhaupt keine eigene Meinung. Der muss immer dieses Scheißweib fragen, bevor er etwas sagt.“

„Na!“ Ich lache auf. „Feminismus scheint jedenfalls keines eurer Ideale zu sein.“

Mona grinst. „Sorry. Aber Silvie ist echt ... einfach scheiße. Hast du sie gesehen, vorhin? Das war die kleine

Dicke, die Steff gleich nach unserem Auftritt um den Hals gefallen ist."

Ja, die habe ich gesehen. Auch wenn ,um den Hals gefallen' ein etwas übertriebener Ausdruck ist. Die beiden haben sich einfach umarmt.

„Ich finde, die hat eigentlich ganz nett gewirkt", sage ich.

Eine schöne Geschichte würde jetzt so weitergehen:

Mona würde schelmisch grinsen. „Du findest Silvie also nett, ja? Wie findest du mich denn?"

Hier würde ich ebenfalls grinsen und mich vorbeugen, das Champagnerglas, das in solchen Situationen natürlich dasteht, würde kippen, wir würden einander tief in die Augen sehen und dann stehe ich auf und hole Champagner nach. Wie es weitergeht, kennt man.

Aber natürlich passiert nichts von alledem. Unsere Teetassen kippen nicht, dazu sind sie nicht zart und fein genug. Champagner trinkt man nur in Filmen. Und zu Silvester. Aber Silvester ist vorbei.

Mona sitzt bei mir zu Hause auf dem Sofa, wir trinken Tee und reden. Als sie gehen will, versuche ich, sie zu überreden, bei mir zu übernachten. Auf dem Sofa. Aber sie will nach Hause. Mit der ersten U-Bahn.

5

Am nächsten Tag ist eine Nachricht von ihr da.

mit dir kann man echt gut reden! ist mir schon lang nicht mehr so passiert, dieses gefühl, da versteht mich jemand. wollt ich dir nur sagen. mona

Ich schreibe Mona zurück, aber sie antwortet nicht. Rufe an, zwei Mal. Sie hebt nicht ab. Öfter versuchen will ich es nicht. Schließlich sieht sie am Display, dass ich es bin. Sie meldet sich nicht zurück.

Die letzten Ferientage vergehen so, wie ich es von Ferientagen gewohnt bin. Aufwachen. Mit meinen Eltern streiten. Mich langweilen. Isabel anrufen. Zu Isabel fahren.

Es gibt Schlimmeres.

Wir sitzen auf der Couch in Isabels Zimmer und warten darauf, dass der Film fertig hochlädt. Morgen geht's wieder los mit der Schule.

Isabel hat mir verziehen, dass ich einfach so abgehauen bin. Obwohl sie nicht versteht, weshalb.

„Aber Simon war doch da! Extra wegen dir."

„Glaub ich dir nicht."

Isabel verdreht die Augen. „Kennst du die Geschichte mit den Grashalmen?", fragt sie.

Ich schüttle den Kopf. „Welche Grashalme?“

„Ist eher so ein Spruch. Eine chinesische Weisheit, glaube ich.“

„Erzähl mal.“

Isabel räuspert sich. „Wenn du kein Baum sein kannst, dann sei ein Strauch. Aber sei der schönste Strauch, den es gibt. Wenn du aber kein Strauch sein kannst, dann sei eine Blume. Aber sei die schönste Blume, die es gibt. Wenn du auch keine Blume sein kannst, sei ein Grashalm. Aber sei der schönste Grashalm, den es gibt. So ungefähr. Verstehst du?“

„Und was soll das jetzt heißen?“

„Na, dass es nicht wichtig ist, etwas ganz Großes zu sein. Man soll das sein, was man ist, das dann aber richtig.“

„Ein Grashalm also.“

„Ja, wenn’s nicht anders geht, dann eben ein Grashalm. Oder ein Ast, ein Blatt oder ein Stein. So was in der Art.“

„Wenn ich das aber nicht sein will? Ist doch scheiße, ein Blatt zu sein.“

„Warum? Wenn du das schönste Blatt der Welt bist?“

„Weil ich kein Blatt sein will. Und auch kein Grashalm. Wenn rund um mich riesige Bäume stehen, und auf mir laufen Kinder rum und trampeln mich tot. Stell ich mir nicht so toll vor.“

„Man kann 600 Mal auf einen Grashalm steigen, bevor er stirbt“, belehrt mich Isabel. „Oder waren es sogar 6000 Mal? Jedenfalls ziemlich oft.“

„Trotzdem wär ich lieber ein Baum.“

„Genau das ist ja dein Problem“, sagt Isabel altklug.

Ihr Handy vibriert und sie greift danach. Nachricht von Marek.

Isabels Augen leuchten. „Du musst mir einen Gefallen tun!“

„Der wäre?“

Isabel hält mir ihr Handy hin. „Marek will mich nächstes Wochenende besuchen.“

Ich verstehe nicht. „Und, willst du das nicht?“

„Sicher will ich! Aber wo bitte soll er denn übernachten?“

„Nicht bei dir?“

Isabel tippt sich an die Stirn. „Spinnst du? Meine Mutter erlaubt das nie. Oder wenn, dann nur unter ständiger Aufsicht. Darauf kann ich verzichten.“

Ich lache. „Willst du vielleicht, dass ich dir Geld für ein Hotelzimmer borge?“

„Haha.“

„Und was ist, wenn ihr das Wochenende bei deinem Vater verbringt?“

„Noch mehr Haha. Aber mal im Ernst – deine Eltern sind doch eh so locker, was so was betrifft. Kann er nicht für das Wochenende bei dir übernachten?“

„Und du?“

„Na, ich natürlich auch! Bei dir schlafen darf ich doch immer.“

Ich zögere. „Ich hab diesen Typen erst einmal gesehen.“

„Komm schon.“ Isabel stupst mich an. „Deine Eltern sind doch sicher glücklich, wenn sie einer verbotenen Liebe helfen können.“

Ich verdrehe die Augen. „So verboten bist du nun auch wieder nicht."

„Helfen könntest du mir trotzdem."

Ich seufze. „Na gut.

Als ich mich am nächsten Tag auf den Schulweg mache, versuche ich, ein Grashalm zu sein. Vielleicht hat Isabel recht. Vielleicht macht es mich glücklicher. Was machen Grashalme so? Sie wachsen, machen Photosynthese, lassen Tautropfen an sich runterperlen. Spannend.

Ich konzentriere mich auf die Photosynthese. Einatmen, ausatmen. So wie alle um mich rum.

Und dann Mona. Mona vor unserer Schule. Obwohl sie da gar nicht hingehört. Obwohl sie doch in eine völlig andere Schule geht. Mona sitzt als leuchtende Blume auf der Bank, reibt sich mit den Händen die Oberarme, weil sie friert, sieht mich und strahlt. Strahlt mich an und winkt. Die Photosynthese setzt aus. Ich möchte mein Grashalmgewand abstreifen und zu ihr laufen, aber ich hebe nur die Hand und winke zurück. Die Mona-Blume wendet sich auch schon anderen Blumen und Bäumen zu und sieht mich nicht mehr. Grashalme schaut man nur von weit oben an. Kaum jemand nimmt sich die Zeit, sich hinzulegen und sie genauer zu betrachten. Schon gar nicht die Blumen.

Was ich mich schon die ganze Zeit frage: Müssen Punkt 1 und Punkt 7 eigentlich dieselbe Person sein?

6

In der Pause öffne ich das Fenster, um zu sehen, ob Mona noch dasitzt. Tut sie nicht. Ich hätte hingehen sollen, mit ihr reden. Fragen, wann wir uns das nächste Mal treffen. Ich hätte einfach so tun sollen, als wäre ich auch eine Blume.

Bestimmt riecht die Luft da unten noch nach ihr.

Um mich abzulenken, beobachte ich den Neuen, der seit genau einer Stunde in unserer Klasse ist.

„Ich bin Ivan und ich bin jetzt hier", hat er gesagt und sich auf den einzigen freien Platz gesetzt. Neben Oksana, neben der niemand sitzen will. Warum, weiß ich nicht, denn sie ist eigentlich ganz nett. Ivan weiß das auch nicht und sitzt jetzt da. Schräg vor mir.

Bis jetzt hat mich Isabel während den Stunden damit genervt, mir aufzuzählen, was sich angeblich alles in Oksanas toupierten Haaren verfangen hat.

„Schau mal, eine tote Fliege."

„Mhm."

„Ehrlich, Oksana hat tote Fliegen in den Haaren."

„Selber tote Fliege."

„Schau doch mal, da ist auch was Gelbes."

„Ich seh nichts."

„Iiih! Ist das Käse?"

„Bestimmt."

„Oksana hat Käse in den Haaren?!? Wie schafft die das denn?"

„Das ist garantiert kein Käse. Vielleicht hat sie sich eine Perle reingeflochten."

„Sieht aber aus wie Käse."

Isabel findet Oksana seltsam, so wie die meisten in unserer Klasse. Aber die meisten finden wohl auch mich seltsam.

Und jetzt haben wir noch einen Freak vor uns.

„Voll der Psycho", flüstert Isabel.

„Warum?"

„Weiß nicht, ich spür das irgendwie. Warum wechselt man mitten im Semester die Schule?"

„Ich finde ihn nett. Immerhin hat er saubere Haare."

„Nett?? Du kennst den doch gar nicht."

„Du doch auch nicht."

„Aber ich seh ihn."

„Seh ich ihn etwa nicht?"

„Du hast manchmal ein etwas gestörtes Urteilsvermögen."

„Ach."

Ich finde Ivan gar nicht so uninteressant, muss ich zugeben. Wie er hereingekommen ist, als wäre es das Normalste der Welt, mitten im Schuljahr Klasse zu wechseln. Er wirkt nicht so, als würde ihn interessieren, was die Leute über ihn denken. Das ist ungewöhnlich.

Den restlichen Tag verbringe ich damit, ihn zu beobachten. Ich würde mich gerne mal mit ihm unterhalten, aber das ist nicht so einfach. Erstens scheint er nicht zu sprechen, zumindest nicht viel. Wenn er im Unterricht etwas gefragt wird, antwortet er knapp oder zuckt die Achseln. In den Pausen verschwindet er meistens und kommt mit dem Klingeln wieder. Wahrscheinlich kennt er jemand in einer anderen Klasse. Wenn er auf seinem Platz bleibt, liest er. Manchmal unterhält er sich auch mit Oksana über Belangloses. Ob sie die Englischaufgabe gemacht hat, wie lange der Supermarkt am Eck geöffnet hat. Nichts Besonderes.

Außerdem ist Isabel ständig um mich rum und mit Isabel an meiner Seite kann ich schlecht mit Ivan reden. Also beschränke ich mich darauf, ihn zu beobachten. Zumindest habe ich jetzt eine Aufgabe. Etwas, das mich davon ablenkt, darüber nachzudenken, warum Mona mich nicht anruft.

Ablenkung habe ich zumindest auch am Wochenende, als Isabel und Marek vor meiner Tür stehen. Natürlich habe ich meine Eltern gefragt und natürlich war es okay. Ich musste ihnen nicht mal verheimlichen, dass Isabel und Marek ein Paar sind. Allerdings habe ich nicht erwähnt, dass Isabels Mutter streng dagegen ist, dass sich ihre Tochter ohne Aufsicht durch Erwachsene mit ihrem Freund allein in einem Zimmer aufhält. Stattdessen habe ich erzählt, dass Isabels Mutter gerade selber Besuch und daher keinen Platz für Marek hat. Meine und Isabels Eltern kennen sich zwar, aber so gut befreundet sind sie auch wieder nicht, dass das auffliegen könnte.

Marek ist wirklich nett, er hat sogar ein Gastgeschenk mitgebracht – einen Bierkrug mit dem Bild von Brno darauf. Wir essen gemeinsam und dann verziehe ich mich auf die Couch, damit die beiden es sich in meinem Zimmer gemütlich machen können.

Ein paar Stunden später klopfe ich zaghaft an meine Zimmertür.

„Komm rein!“, ruft Isabel. Die beiden liegen Arm in Arm auf meinem Bett und schauen sich einen Film auf Isabels Laptop an.

„Wollt ihr gar nicht rausgehen?“, frage ich.

„Ich weiß nicht.“ Isabel sieht Marek skeptisch an, dann mich. „Was, wenn meine Mutter uns sieht?“

„Wie hoch ist die Wahrscheinlichkeit, dass das passiert? Außerdem müsst ihr ja nicht überall rumknutschen.“

„Natürlich müssen wir rumknutschen!“, ruft sie entrüstet und schlingt Marek die Arme um den Hals. „Du verstehst das noch nicht.“

Ich runzle die Stirn. „Was bitte bedeutet *noch* nicht?“

Isabel lacht. „Irgendwann wirst du wissen, was ich meine“, prophezeit sie. „Dich wird’s auch noch mal erwischen.“

„Sicher. Nicht. So“, sage ich.

„Jaja.“ Isabel fährt Marek, der während unseres Gesprächs nur vor sich hin lächelt, durch die Haare. „Wirst schon sehen. Jedenfalls können wir nicht rausgehen, weil uns meine Mutter sehen könnte.“

„Verbotene Liebe muss aufregend sein.“

Isabel ignoriert meinen Sarkasmus. „Ja-ha! Sehr aufregend!“

„Aber wenn das heißt, dass ihr nicht rausgehen könnt ...", murmle ich. „Egal, vergiss es."

In dem Moment tönt die Stimme meines Vaters aus dem Wohnzimmer. „Wir brauchen noch zwei Leute zum Canastaspielen!"

„Ich mag Canasta", bricht Marek sein Schweigen.

„Wir kommen", ruft Isabel zurück. Sie zieht Marek vom Bett hoch und die beiden machen sich auf, Richtung Wohnzimmer.

Ich mache es mir auf meinem Bett gemütlich und klicke Isabels Film weg. Bevor ich noch irgendeine andere Seite aufrufen kann, ertönt schon wieder die Stimme meines Vaters.

„Anna, komm, wir brauchen dich!"

„Canasta kann man doch zu viert spielen!", rufe ich zurück.

„Wir sind aber nicht vier", ruft meine Mutter zurück.

„Was heißt hier nicht vier?" Unwillig stehe ich auf. Im Wohnzimmer stemme ich die Hände in die Hüften. „Eins, zwei, drei, vier", zähle ich. „Wo ist das Problem?"

Isabel sitzt auf Marek und sieht mich erwartungsvoll an. „Du erwartest doch nicht, dass Marek und ich gegeneinander spielen?"

„Ich hab aber keine Lust auf Canasta."

„Anna, bitte", versucht Isabel, mich zu überreden. „Sonst können wir gar nicht spielen."

Ich atme tief ein. „Von mir aus", grummle ich.

Meine Mutter strahlt und teilt die Karten aus. „Und du willst sicher keinen eigenen Stuhl?", fragt sie Isabel.

Die schüttelt den Kopf und schmiegt sich an Marek. „Ich hab ja einen Schoßplatz“, verkündet sie fröhlich. Marek lächelt und streicht ihr über die Haare.

Ich verdrehe die Augen. Meine Eltern lachen.

„Wart nur, irgendwann erwischt es dich auch“, sagt mein Vater.

Ich schüttle den Kopf. „Sicher. Nicht. So“, sage ich zum zweiten Mal. „Hundertpro.“

Ich bin froh, als Marek am Sonntag wieder fährt.

Als Isabel mit ihm die Wohnung verlässt, um ihn zum Bahnhof zu begleiten, hat sie Tränen in den Augen.

„Scheint ja die große Liebe zu sein“, sagt mein Vater.

„Süß“, sagt meine Mutter.

Ich sage gar nichts, sondern verziehe mich endlich in mein Zimmer.

7

Und dann klingelt mein Handy und Mona ist dran. Am liebsten würde ich nicht abheben, weil ich sauer bin, dass sie sich so lange nicht gemeldet hat. Aber schließlich hat sie keine Verpflichtung, das zu tun. Außerdem schaffe ich es sowieso nicht, den Anruf abzuweisen.

„Tut mir leid“, sagt sie. „Ich wollte dich schon die ganze Zeit anrufen, aber ich bin nicht dazu gekommen. Proben und so, viel zu tun. Kennst du sicher selbst.“

„Ja“, sage ich, „ja, kenn ich. Bin auch total gestresst.“

Pause.

„Glaub ich dir nicht“, sagt Mona.

Ich werde knallrot, aber glücklicherweise kann Mona das durchs Telefon nicht sehen. Ich beschließe, darauf nicht zu antworten.

„Was machst du heut Abend?“, fragt sie.

Ich versuche, mir etwas unheimlich Wichtiges einfallen zu lassen. Etwas, das aufregend klingt. Aber natürlich sage ich die Wahrheit. „Nichts.“

„Hast du Lust, uns beim Proben zuzuschauen?“

„Äh, ja, warum nicht? Sind die Unstimmigkeiten vorbei?“

Mona lacht. „So in der Art. Kommst du?“

Klar komme ich.

Nach dem Abendessen schnappe ich mein Rad und fahre los. Es ist ein lauer Frühlingsabend, der Wind streicht mir durchs Haar. Ich fühle mich stark und frei, so auf meinem Fahrrad.

Das ist natürlich Blödsinn. Es ist nach wie vor Winter. Keine Chance auf Radfahren. Ich nehme die Straßenbahn, deshalb fühle ich mich auch nicht stark und frei, sondern schwitze im überheizten Wagen inmitten von griesgrämigen Gesichtern. Außerdem habe ich Hunger. Meine Eltern gehören nämlich nicht zu den Leuten, die schon um achtzehn Uhr essen. Dafür gehören sie auch nicht zu denen, die man um Erlaubnis fragen muss, ob man abends noch mal wegdarf.

Kurz vor dem Proberaum sehe ich Silvie an der Ampel stehen und telefonieren. Das ist einerseits gut, weil ich so weiß, dass ich in der richtigen Straße gelandet bin. Andererseits schlecht, weil ich nicht weiß, wie ich Silvie begrüßen soll. Kennen wir uns gut genug für Küsschen-Küsschen? Oder nur Hallo? Ich weiß doch gar nicht, ob sie mich überhaupt erkennt.

Ich beschließe, so zu tun, als sähe ich sie nicht. Als sie sich in meine Richtung dreht, senke ich schnell den Kopf und krame in meiner Tasche. Vielleicht muss ich ja ganz dringend meine Sprachbox abhören. Mit dem Telefon am Ohr gehe ich an ihr vorbei und schaue in die andere Richtung.

Als ich auf der anderen Straßenseite nach dem passenden Eingang suche, tippt sie mir von hinten auf die Schulter.

„Hallo!“ Sie lächelt mich an. „Wir kennen uns von Monas Konzert, oder?“

Ich lasse die Hand mit meinem Handy sinken. „Oh, sorry, ich hab dich gar nicht gesehen. Ja, äh, vom Konzert, ja sicher.“

„Du bist Monas Freundin, oder?“

„Äh, na ja, so in der Art“, stottere ich. „Also, nicht wirklich. Also, ähm, kommt drauf an, na ja …“

Freundin. Was meint Silvie überhaupt mit Freundin? So oder so trifft es auf Mona und mich nicht zu. Wir sind doch nicht mal richtig befreundet. Zumindest stelle ich mir Freundschaften nicht so vor, dass eine immer auf den Anruf der anderen warten muss.

Aber egal. Silvie hält mich jetzt vermutlich für total bescheuert, weil ich keinen geraden Satz herauskriege. Na super. Da hab ich ja gleich wieder mal einen guten Eindruck gemacht.

„Aber du bist wegen Mona hier, ja?“, unterbricht Silvie meine Gedanken.

„Sie hat mich eingeladen“, sage ich, damit Silvie nicht denkt, ich tauche einfach so vor Monas Tür auf.

Silvie drückt das Haustor auf. „Na dann, gehen wir rein.“

Ich folge ihr in den Hof und dann die Stufen zum Proberaum hinab.

Die Musik unterbricht nicht, als wir den Raum betreten. Steff schickt Silvie ein Luftküsschen, Mona hebt nur kurz die Augenbrauen zum Gruß, während sie singt. Ich setze mich neben Silvie auf den Boden.

„So, das war's für heute."

Silvie und ich klatschen wie verrückt. Mona verbeugt sich theatralisch.

Die drei auf der Bühne packen ihre Sachen zusammen. Ich stehe auf, stehe aber bloß rum.

Mona stellt sich neben mich und küsst mich auf die Wange. „Hi", sagt sie.

Ich bin wie verzaubert. Ich werde mich nie wieder waschen.

Blödsinn. Sie hat mich bloß zur Begrüßung geküsst. So, wie sie das bei vielen macht.

„Bleibt ihr hier?"

Mona schaut mich an, ich zucke die Achseln. Sie nickt.

Paul, der Schlagzeuger, nimmt sie an der Hand und zieht sie in eine Ecke. Anscheinend haben sie noch etwas zu besprechen, aber es ist zu leise, als dass ich es hören könnte. Mona nickt die ganze Zeit. Dann drückt er ihr einen Schlüssel in die Hand.

„Zweimal absperren, sonst dreht mein Vater durch", sagt er laut.

Mona nickt wieder. „Eh klar."

Alle verabschieden sich mit Küsschen voneinander, aber nicht von mir.

Silvie dreht sich zu mir um und lächelt.

Mona holt von irgendwoher zwei Flaschen klebriger Alkopops und drückt mir eine in die Hand.

„Prost."

„Prost."

Sie nimmt einen Schluck und verzieht das Gesicht. „Ist übrig geblieben. Was anderes gibt's leider nicht."

„Ist schon okay."

Sie setzt sich auf den Boden. Ich mich neben sie. Und dann sitzen wir, ganz dicht nebeneinander. Ich kann ihre verschwitzten Oberarme spüren.

„Ich hab ein Lied für dich geschrieben, weißt du das?"

„Für mich?" Ein Lächeln schleicht sich auf mein Gesicht. *Das* Lächeln, das man nicht mehr wegbringt.

Mona nickt. „Ist aber noch nicht ganz fertig."

„Kann ich's mal hören?"

„Erst wenn's fertig ist. Bin noch nicht ganz zufrieden damit."

„Wow", sage ich. Was anderes fällt mir nicht ein. Ich komme mir dämlich vor, wie ich so dasitze, grinse und nichts sagen kann. Aber Mona stört das nicht.

Wir schweigen. Es ist kein unangenehmes Schweigen.

„Anna?"

„Mhm?"

Mona dreht den Kopf und sieht mich direkt an. „Du bist super."

Das muss jetzt wohl für die nächsten Wochen reichen.

Bevor wir uns verabschieden, nehme ich meinen ganzen Mut zusammen. Schließlich bin ich jetzt super.

„Hast du am Wochenende mal Zeit?", frage ich.

„Klar. Wie wär's mit Samstag? Da ist ein Soli-Fest, wo Freunde von mir auflegen."

Das ist nicht gerade das, was ich haben wollte. Ich wollte dich allein, Mona, verstehst du? Du sollst mir sagen, dass ich super bin. Noch mal und noch mal. Supersupersuper. Aber natürlich bin ich einverstanden.

„Vielleicht magst du vorher bei mir zum Essen vorbeikommen?"

Dann habe ich dich wenigstens ein bisschen für mich. Sag doch Ja.

Sie sagt Ja.

Auf dem Nachhauseweg überlege ich, ob ich jetzt mit Mona befreundet bin. Aber ich kann mir die Frage nicht beantworten.

8

Ich weiß, dass meine Eltern eingeladen sind und erst spät wiederkommen, sonst hätte ich Mona nie eingeladen. Mona und meine Mutter gemeinsam, das wäre die Hölle. Meine Mutter würde mich sofort zur Adoption freigeben und Mona an meiner Stelle als Tochter nehmen. Damit mal ein bisschen Action reinkommt in die Familie.

Ich wette, meine Eltern denken, wenn ich bei Isabel übernachte, bin ich in Wirklichkeit die ganze Nacht fort und mache die Lokale unsicher. Will es ihnen nur nicht sagen, weil sie sich sonst Sorgen machen würden. So, wie sie in meinem Alter das eben gemacht haben. Wenn sie wüssten, dass ich, wenn ich bei Isabel schlafe, wirklich bei Isabel schlafe und wir höchstens mal ins Kino gehen gemeinsam und dann aber ab nach Hause und immer vor Mitternacht ins Bett. Sie wären garantiert enttäuscht von mir. Deshalb erzähle ich ihnen auch nicht, was ich mit Isabel mache, und sie fragen nicht nach. Sie fragen nicht, weil sie denken, dass wir verbotene Dinge tun, und ich sage nichts, weil wir genau diese verbotenen Dinge nicht tun.

Ich hätte Mona nie eingeladen, wenn meine Mutter zu Hause wäre. Ich hätte es auch lieber lassen sollen, denn jetzt muss ich überlegen, was ich kochen soll. Vegetarisch, klar, Mona isst kein Fleisch. Ich auch nicht, zumindest nicht, wenn Mona dabei ist. Und schön aussehen soll es. Bunt. So wie Mona.

„Mum, was macht Essen bunt?“, rufe ich aus der Küche heraus, während ich Reis koche.

Meine Mutter steckt den Kopf bei der Küchentür herein.

„Was Buntes soll's also werden?“

Ich nicke. „Gelb zum Beispiel. Irgendwas mit Kurkuma wär gut.“

Meine Mutter zieht die Augenbrauen hoch. „Haben wir so was zu Hause? Nimm doch einfach Safran. *Safran macht den Kuchen gehl.* Aber ob wir so was Edles besitzen?“

Ich schüttle den Kopf. „Safran ist altmodisch. Heutzutage nimmt man Kurkuma. Ist auch gut gegen Alzheimer, hab ich gelesen.“

„Na dann. Haben wir aber garantiert nicht zu Hause.“

Ich wühle in der Gewürzlade und werde fündig. Triumphierend halte ich ein angebrochenes Säckchen in die Höhe, auf dem ‚Kurkuma Premium Quality‘ steht. Gelb rieselt es über meine Fingernägel.

Meine Mutter verzieht sich, schließlich muss sie bald weg. „Was es bei uns alles so gibt“, höre ich sie murmeln, dann schließt sich die Tür hinter ihr.

Ich schütte also Kurkuma über den Reis, der mittlerweile fertig ist und sogar gar kein Wasser übrig gelassen hat. Das ist ein gutes Zeichen. Der Reis färbt sich leicht gelblich. Mehr, so richtig knallgelb will ich es haben. Kurkuma ist gut, Kurkuma ist schick, Kurkuma ist wild und exotisch. Mona wird meinen Kurkuma-Reis lieben. Mona wird mich lieben, wenn sie erst von meinem Kurkuma-Reis gekostet hat.

Aus dem Topf blitzt es mich gelb an. Ich blitze zurück und tauche rostfreien Edelstahl in das Kurkuma-Meer, um eine Kostprobe des edlen Gerichts zu entnehmen.

„Pfui Teufel!“ Ich spucke aus. Kurkuma ist vor allem eines: ekelhaft. Der Reis schmeckt bitter und staubig.

Ich höre meine Mutter lachen. „Auf die Dosis kommt es an“, ruft sie.

„Fuck you“, murmle ich und wünschte, ich hätte einen Bart zum Hineinmurmeln. Einen Bart, der über mich drüber wächst, bis ich ganz zugewachsen bin. Ich schmeiße den Reis in den Mülleimer, wo er sich mit verschimmeltem Brot anfreunden kann. Schade um das schöne Gelb. Ich werde Tiefkühlpizza machen. Mona wird mich niemals lieben.

Außerdem kommt sie gar nicht. Ich nehme einen Apfel aus der Obstschale und drehe so lange am Stiel, bis er abbricht. Dann den nächsten und den nächsten. Ich zähle die Umdrehungen, A, B, C ... Bis M wie Mona komme ich nie, die Stiele brechen mindestens schon bei D oder E. Bis M kann man es gar nicht schaffen. Solche Äpfel gibt es nicht.

Dann kommt sie doch und ich schmeiße die Pizza in den Ofen, als ob nichts wäre.

„Pizza ist gut“, sagt sie.

Das Beste an Pizza ist, man kann sie mitnehmen. Weil wir gleich wieder losmüssen, sonst verpassen wir das Konzert. Ich weiß, der Abend wird furchtbar. Der Abend ist schon furchtbar. Sie kommt zu spät, sagt „'tschuldigung“ und „Pizza ist gut“ und nimmt mich mit auf eine Party, wo sie sowieso alle kennt. Mona ist nicht der Typ für Zweisamkeit. Sie braucht ständig Leute um sich herum. Eigentlich passen wir gar nicht zusammen. Seltsam, dass ich das weiß und trotzdem ständig bei ihr sein will.

Wir gehen die Treppe in den Keller des Lokals hinunter, bis uns von einem kleinen Tischchen der Weg versperrt wird. Irgendeine wichtige Einrichtung wird geschlossen, wenn wir nicht auf der Stelle unser gesamtes Kleingeld spenden. Dafür gibt's auch lustige Anstecker mit verschiedenen Motiven. Ich nehme mir den lustigsten davon und pinne ihn mir an die Hosentasche. Mona ist nach mir dran.

„Schau mal, wir haben denselben ausgesucht“, sagt sie, als wir die Treppe hinuntersteigen.

„Zeig mal her.“ Ich vergleiche. „Stimmt.“

„Das heißt, dass wir heute Abend zusammengehören“, sagt sie und lacht.

Das stimmt nicht und sie weiß es genau.

Ständig ruft irgendjemand Monas Namen und sie dreht sich um. Winkt, strahlt, wirft die Arme in die Luft. Mona legt den Kellnerinnen den Arm um die Schulter. Umarmt den DJ. Knuddelt alle ab, als hätte sie sie jahrelang nicht gesehen. Hängt sich bei ihnen ein. Hält sie an den Händen. Küsst sie auf die Nasenspitze. Sie ist immer irgendwo anders und lächelt mir höchstens mal zu.

Mir ist langweilig. Das Mädchen neben mir erzählt nun schon seit zwanzig Minuten von ihrem Meerschweinchen. Ich hasse Meerschweinchen. Aber Mona erwartet von mir, dass ich mich gut amüsiere, also sage ich „aha“ und „wie interessant“ und nicke verständnisvoll. Vielleicht ist sie mittlerweile schon beim nächsten Thema angelangt, bestimmt Pferde oder so.

Ich will hier weg, aber ich brauche einen Grund dafür.

Vielleicht sollte ich mich mal darum kümmern, Punkt 1 hinter mich zu bringen?

Das ist es. Das wird die Mission des Abends.

Ich lasse das Meerschweinchen-Mädchen stehen und beginne, alles Männliche, was so rumsteht, zu begutachten. Ein Drittel ist vermutlich schwul, ein anderes Drittel hat entweder die Freundin mit oder steht ziemlich nahe an anderen Mädchen dran. Von den Übriggebliebenen ist die Hälfte zu alt, andere fallen weg, weil sie nicht mehr gerade stehen können. Eine ganze Weile schleiche ich so durchs Lokal. Schließlich habe ich gefunden, was ich suche. Der Typ sieht gar nicht mal so schlecht aus. Der könnte zu gebrauchen sein. Ich bin ein bisschen betrunken. Mona lächelt mir zu, der Stich in der Magengrube fällt aus. Also bin ich betrunken genug.

Auf geht's. Wie auch immer man das macht.

Wie einfach alles geht, wenn es egal ist. Ja, er lässt sich gern einladen, nein, ich nerve ihn nicht, seine Freunde sind sowieso gerade eben erst gegangen und eigentlich wollte er auch nicht mehr viel länger, aber, nein, kein Problem. Stefan heißt er, macht gerade Zivildienst und wohnt noch bei seinen Eltern. Das ist nicht besonders interessant, aber reden muss vorher wohl sein. Immerhin mag er auch keine Meerschweinchen.

„Du musst sie einfach direkt fragen, ob sie dich küssen wollen“, hat Isabel gesagt. „Die sind dann so perplex, dass sie zu neunzig Prozent Ja sagen.“

Isabel hat Erfahrung, jemand wie Isabel kann ich glauben.

Und sie hat recht. Stefan sieht mich leicht irritiert an und lässt mit sich geschehen. Lustig. Jetzt kann ich erzählen, dass ich einen Mann rumgekriegt habe. Das heißt doch so.

Das Küssen wird mir schon bald langweilig. „Willst du noch was trinken?“, fragt Stefan.

Ich schüttle den Kopf. Ich will nach Hause. Stefan will meine Telefonnummer. Das ist schlecht, das soll so nicht sein. Ich will Punkt 1 heute noch hinter mich bringen, Telefonnummern haben in diesem Spiel nichts zu suchen.

„Wo wohnst du?“

Ich habe Glück, er wohnt nicht in der Nähe. Zu mir ist es nicht weit, also beschließen wir das Naheliegende. Es geht alles so einfach, wenn es egal ist.

Eines der wenigen positiven Dinge an meinen Eltern ist, dass ich mitbringen kann, wen ich will, ohne vorher zu fragen. Wer da ist, ist da. Also zu mir.

Das Geküsse nervt mich. Ich will zur Sache kommen, aber Stefan geht das anscheinend zu schnell. Also küssen wir noch eine Weile, irgendwo sind auch seine Hände, was auch immer die da machen. Ist schon ganz witzig, das Ganze, muss ich zugeben. Aber den großen Kick kann ich nicht finden. Wer ist auf die bescheuerte Idee gekommen, das hier mit Schokolade zu vergleichen?

Meine Hände müssen wohl auch irgendwo hin, das ist so, denke ich. Wie gut, dass er noch seine Hose anhat, dann kann ich sie damit beschäftigen, sie aufzuknöpfen. Und weiter küssen. Wann hat denn diese Küsserei ein Ende? Ich habe eine alte, löchrige Unterhose an und einen labbrigen BH. Stefan findet das bestimmt blöd, aber das hier war nicht geplant, sonst hätte ich vorgesorgt. Ich besitze schließlich auch schöne Unterwäsche.

Irgendwann spielt die Unterwäsche keine Rolle mehr, irgendwann sind wir beide nackt.

Stefan schleckt an meinem Ohr herum und haucht Worte hinein, die ich nicht verstehe. Ich stelle mir das Geschehen aus der Vogelperspektive vor. Wir geben bestimmt ein saukomisches Bild ab. Irgendwie finde ich es ziemlich witzig, was wir hier tun. Wie wir so aufeinander herumturnen. Wieso tun wir das?

Ich stelle mir vor, ein Marsmensch, der so etwas wie Sex nicht kennt, sieht uns jetzt zu.

„Sag mal, was macht ihr da? Machen Menschen so etwas öfter?“

Stefan sieht das alles wohl als ziemlich ernste Sache.

„Ich glaube, Menschen tun so etwas ziemlich oft. Warum, weiß ich aber nicht."

Ich muss kichern und versuche, mich auf irgendetwas zu konzentrieren, um ernst zu bleiben. Zum Beispiel auf Stefans Ohr, das in Großaufnahme vor meinem Gesicht liegt. Nicht lachen, Anna, sonst geht da nie was weiter. Dauert schließlich schon lang genug.

Doch plötzlich sehe ich nur mehr das Ohr, keinen Stefan mehr dahinter. Ein riesiges Ohr mit Haaren drin, das immer größer und größer wird, wächst und wächst, und dann kann ich mich nicht mehr zurückhalten und pruste los. Stefan starrt mich verständnislos an. Ich halte mir die Hände vor den Mund, aber ich kann nicht aufhören zu lachen. Die Situation ist zu absurd.

Stefan blickt an sich hinab. „Stimmt irgendetwas nicht?"

Er tut mir leid. „Sorry, ist nicht persönlich gemeint. Wirklich nicht", sage ich und bemühe mich, nicht zu kichern dabei. Es gelingt mir nicht.

Stefan setzt sich auf und fischt mit den Beinen nach seiner Hose.

„Was machst du denn?"

Stefan antwortet nicht, zieht sich wortlos an. Ich versuche, ihn wieder aufs Bett zu drücken, aber er schüttelt mich ab und knöpft seine Hose zu.

„Du bist echt nicht normal", murmelt er.

Stefan will nur noch weg. Ich biete ihm trotzdem noch was zu trinken an, aber er will nicht. Dann eben nicht.

Zum Abschied lege ich ihm noch die Hand auf die Schulter. „Hey, Stefan, das war echt nicht persönlich gemeint."

Er glaubt mir noch immer nicht. Wortlos dreht er sich um und läuft die Treppen hinunter. Achselzuckend schließe ich die Tür und setze mich in die Küche. Dann trinke ich den Tee eben allein. Immer wieder muss ich loskichern, in Endlosschleife.

Während das Wasser siedet, höre ich den Schlüssel in der Tür.

„Guten Morgen", ruft mein Vater fröhlich.

„Wer war denn der junge Mann, der da eben unsere Wohnung verlassen hat", will meine Mutter wissen.

Ich versuche, beiläufig zu klingen. „Das war Stefan ... oder so."

„Stefan oder so", wiederholt mein Vater. „Soso."

Meine Mutter grinst. „Der hatte es aber eilig."

„Tja, so isses halt manchmal", sage ich, als ob ich eine Ahnung hätte. „Ich geh schlafen, gute Nacht."

„Gute Nacht."

Wenigstens denken meine Eltern, ich bin normal.

9

Isabel hab ich nichts von Stefan erzählt. Sie weiß nicht mal, dass ich auf dieser Party war. Würde ich ihr das erzählen, hätte ich die nächsten Tage damit zu tun, mich bei ihr zu entschuldigen, dass ich sie nicht mitgenommen habe. Isabel steht auf Partys. Ich selbst weiß noch nicht, was ich von ihnen halten soll. Ist schon okay, zu lauter Musik im Gedränge rumzustehen und sich gegenseitig in die Ohren zu schreien. Einen Typen abzuschleppen würden die meisten wohl auch als wichtigen Bestandteil der ‚Party deines Lebens' ansehen.

Aber ich kann leider noch immer weder Punkt 1 noch Punkt 3 abhaken.

Und dann ist Schularbeit, die letzte im Semester. Mathe, gleich in der ersten Stunde. In Mathe bin ich nicht besonders. Nicht besonders gut, aber besonders schlecht auch nicht. Eigentlich bin ich überall Mittelmaß. Obwohl ich weiß, dass ich nicht nervös sein muss, beschließe ich, im Supermarkt an der Ecke Schokolade zu kaufen. Mit irgendwas muss man sich schließlich belohnen. Außerdem bin ich zu früh dran.

Als ich aus dem Supermarkt komme, steht Ivan davor und betrachtet die Auslage.

„Morgen“, sage ich und halte ihm ein Stück Schokolade hin.

Er greift zu und lächelt ein Danke.

„Für die Schularbeit", sage ich schnell, als müsste ich mich dafür entschuldigen, Schokolade zu essen. Nebeneinander trotten wir Richtung Schule.

„Bist du nervös?", beginne ich den üblichen Small Talk vor Schularbeiten.

Ivan schüttelt den Kopf.

„Genug gelernt oder kannst du's einfach?", mache ich weiter.

„Weder noch."

„Hm."

Ivan scheint nicht an einem Gespräch interessiert, also lasse ich es bleiben. Kurz bevor wir das Schultor erreicht haben, bleibt er stehen.

„Wenn wir einfach nicht hingehen?", fragt er mich.

„Wie, nicht hingehen?"

„Nicht hingehen."

„Gar nicht?"

„Nur ein bisschen hingehen geht schlecht."

„Hm."

Ich überlege. Ganz schnell muss mir jetzt einfallen, was dafür und was dagegen spricht. Eine Schularbeit zu versäumen ist nicht ganz so problemlos. Wenn man Pech hat, muss man sie nachholen oder eine Prüfung machen. Aber dann fällt mir Punkt 5 ein. Einmal Schule schwänzen und stattdessen etwas Aufregendes erleben. Ich weiß nicht, wie aufregend Ivan ist. Aber ich muss es drauf ankommen lassen.

„Okay."

„Okay?"

„Okay."
„Na dann, gehen wir."

In der Nähe unserer Schule ist ein Park, viel weiter gehen wir nicht. Wir setzen uns in die Sonne. Ivan kratzt eine Eisfläche von der Bank, bevor er sich hinsetzt. Das Knie angewinkelt, den Fuß zwischen Körper und Bank. Ich sitze genauso da. Wenn Frühling wäre, könnten wir auf der Wiese sitzen. Aber jetzt ist es dort nass und kalt.

Wir sitzen und schauen die Leute an, die vorübergehen. Mütter mit Kinderwagen, manchmal auch Väter. Alte Leute mit und ohne Hund. Ivan scheint es nicht für nötig zu halten, zu reden. Mit der Zeit fühle ich mich unwohl, so schweigsam.

„Was liest du eigentlich immer in der Pause?", versuche ich es.

„Ich les nicht", antwortet er knapp.

„Aber du hast doch immer ein Buch mit."

„Ich schau mir nur die Bilder an."

Er grinst nicht. Ich kann nicht feststellen, ob das ein Witz sein soll oder nicht, also weiß ich nicht, wie ich reagieren soll.

Ivan kramt Papers und ein Säckchen aus der Hosentasche. Als er mir den Joint hinhält, schüttle ich den Kopf. Dann denke ich an Punkt 2 und nicke.

„Kiffen ist uncool", sagt Ivan.

„Du kiffst doch selbst."

Ivan macht einen tiefen Zug und bläst durch die Nasenlöcher aus. „Ich bin auch uncool."

Wieder weiß ich nicht, was ich sagen soll. Am besten die Wahrheit. „Stimmt“, sage ich also.

Ivan hält mir den Ofen wieder hin. „Du bist auch ziemlich uncool.“

„Na dann“, sage ich und mache ein paar Züge, schnell und leicht, damit mir nicht schlecht wird. Aber mir wird nicht schlecht, im Gegenteil. Mir wird sogar sehr gut.

Ich weiß nicht, wie lange wir so sitzen, auf der kalten Bank, die Füße abwechselnd unter den Hintern geklemmt, damit sie nicht einschlafen, rauchend, schweigend, Leute beobachtend. Zum Schluss rauchen wir nur noch Tabak. Zwischendurch kaufe ich Pommes für uns beide. Ivan bewacht die Bank. Heute Vormittag soll sich da niemand anderes hinsetzen. Heute Vormittag ist das unsere Bank.

Irgendwann schaut Ivan auf die Uhr. „Schätze, die Schularbeit ist vorbei.“

Ich nicke.

Ivan putzt sich die Hände an der Jeans ab. Wir stehen auf und gehen langsam die Straßen hinauf, bis wir wieder vor der Schule stehen. Es ist mitten unter der Stunde, wir sind die Einzigen vor dem Schultor. Niemand ist so blöd, sich beim Schulschwänzen vor die Schule zu stellen. Aber mir ist das egal. Sollen sie uns doch sehen.

„Wo musst du hin?“, frage ich.

Ivan zeigt nach links. Ich muss in die entgegengesetzte Richtung.

„Na dann.“

„Komm gut heim.“
„Du auch.“
„Tschau.“
„Tschau.“
Und tschüs.

Zu Hause überlege ich, ob ich irgendeinen Punkt abhaken kann.

Habe ich mit Drogen experimentiert?

War das, was ich heute Vormittag erlebt habe, aufregend?

Irgendwie hat es sich nicht so angefühlt, wie ich es mir vorgestellt habe.

10

Aber schön war's schon gestern. Irgendwie. Ivan hat heute in der Früh zur Begrüßung die Augenbraue gehoben. Geredet haben wir noch nicht, seitdem. Ich wüsste auch nicht, was ich sagen soll. Gemeinsam Schule schwänzen verbindet nicht automatisch.

Ich bemühe mich, nicht die ganze Stunde Ivans Hinterkopf anzustarren. Schließlich bin ich hier, um etwas zu lernen. Ich konzentriere mich auf den Text im Biologiebuch.

Ich muss ihn auch nicht ansehen, in der Pause informiert mich Isabel sowieso.

„Jetzt macht er irgendwas mit Oksanas Haaren."

Halt die Klappe, Isabel. Bitte.

„Schau doch mal. Der hat ihr einen Zopf geflochten."

Ich will das nicht wissen.

„Also, ich würde solche Haare nicht angreifen wollen." Isabel stupst mich an. „Hallo? Jemand zu Hause?"

„Lass mich doch in Ruhe!", schreie ich. „Lasst mich doch alle einfach in Ruhe."

Ich stoße meinen Stuhl zurück und laufe aufs Klo. Ich muss jetzt unbedingt mit Türen knallen. Aber hier gibt es nichts zum Knallen. Hier gibt es nur abgefederte Schultüren.

Schon ist Isabel mir gefolgt. Ich riegle schnell von innen ab. Sie klopft.

„Besetzt“, knurre ich.

„Schatz, was ist denn los?“

Ich ignoriere sie, starre an die Wand.

„Was los ist, hab ich gefragt.“

„Ich muss mal, okay? Kannst du bitte abhauen?“

„Also ...“

„Kann man nicht mal hier alleine sein?“, schreie ich.

Aus der anderen Kabine höre ich es kichern. Ist mir egal. Isabel dreht sich um und geht. Vielleicht würde sie jetzt auch gern mit der Tür knallen. Aber es sind nur abgefederte Schultüren.

Den ganzen Tag spricht Isabel nicht mehr mit mir. Nach der letzten Stunde packt sie wortlos ihre Sachen und verschwindet, ohne auf mich zu warten. Ich habe keine Lust, darüber nachzudenken. Als ich an Ivan vorbeigehe, versuche ich, ihm mein strahlendstes Lächeln zu schenken. Blöd nur, dass ich keines habe. Also schenke ich ihm das bisschen Mundwinkelverziehen, zu dem ich in der Lage bin. Er lächelt zurück.

Isabel hat sich schnell wieder beruhigt. Sie hält es nicht lange aus, sauer zu sein. Das würde nämlich bedeuten, dass sie nicht mit mir reden kann. Ohne zu reden, kann sie aber nicht existieren. Deshalb tut sie schon nach einem Tag, als wäre nichts gewesen.

Von ihr höre ich also wieder sehr viel, von Mona hingegen nichts. Ivan kann ich mir zumindest anschauen. Es ist schön, zu wissen, dass er schräg vor mir sitzt und sich Bilder ansieht.

Auch wenn wir kaum miteinander sprechen.

Diesmal bin ich von einer Nachschularbeit verschont worden. Meine Note ist ohnehin klar. Ein Dreier, gutes Mittelmaß. Ivan muss eine Prüfung machen. Ich habe kein schlechtes Gewissen. Schließlich war es sein Vorschlag, nicht zur Schularbeit zu erscheinen.

Im neuen Semester wird es neue Schularbeiten geben, die man schwänzen kann. Dann kriegen wir beide eine Prüfung und müssen gemeinsam lernen. Vielleicht.

Darauf sollte ich mich nicht verlassen. Ich muss ihn vorher noch ansprechen. Sonst wird das nie was. Was soll es denn werden? Wie gut, dass ich mir selbst darauf nicht antworten muss.

Das Schicksal ist gnädig und führt mich und Ivan zusammen.

Nix da Schicksal. Alles nur Zufall. Zufällig fehlt Isabel heute. Sie ist krank. Zumindest glaubt das ihre Mutter. Zufällig fehlt auch Oksana. Die ist bestimmt echt krank. Zumindest glaube ich das.

Zwei leere Plätze schräg hintereinander. Das ist ein Zeichen. Natürlich ist das kein Zeichen, aber den Zufall muss ich nutzen.

In der Pause nach der ersten Stunde tippe ich Ivan auf die Schulter. „Kann ich mich neben dich setzen?“

Er sieht mich erstaunt an, als hätte er an diese Möglichkeit nie gedacht. Hat er bestimmt auch nicht.

„Klar, komm.“ Er rutscht zur Seite, auf Oksanas Stuhl. Das wäre nicht notwendig gewesen, aber so kann ich auf seinem Platz sitzen.

„Isabel ist krank“, sage ich, um zu erklären, warum ich da bin, wo ich bin.

Ich glaube nicht, dass es ihm aufgefallen ist. Er dreht sich nie um.

„Aha.“

„Weißt du, ob Oksana noch kommt?“

Er zuckt die Achseln. „Keine Ahnung.“

„Isabel hat Halsentzündung“, sage ich, weil ich irgendetwas sagen muss.

„Kommt sicher vom vielen Quatschen“, sagt Ivan.

Ich grinse. „Kann gut sein.“

„Ich hör sie ständig hinter mir. Qua, qua, qua. Dass die nie müde wird.“

Plötzlich habe ich das Gefühl, Isabel verteidigen zu müssen. „Sie ist aber nett, echt.“

„Glaub ich dir schon. Es ist schwer, herauszufinden, wie Leute sind, die so viel reden. Vielleicht reden die zu neunzig Prozent Bullshit, aber die restlichen zehn Prozent sind das Interessanteste, das du je gehört hast. Nur kriegst du die nicht mehr mit, weil du nach fünfzig Prozent schon abschaltest.“

So hab ich das noch nie gesehen. „Isabel ist wahrscheinlich eine von denen.“

„Leute, die weniger reden, sind einfacher. Da weißt du gleich, ist das was oder ist das nichts.“

„Leute wie du zum Beispiel.“

„Dankeschön.“ Ivan grinst. „Heißt das jetzt, dass ich was bin oder dass ich nichts bin?“

„Dreimal darfst du raten. Für heute hast du außerdem schon ziemlich viel gesprochen.“

Ivan spielt den Erschrockenen. „Stimmt, ich sollte wieder aufhören."

Ich lache. „Und die, die gar nicht reden?"

„Die sind wieder schwierig. Da weiß man dann ja gar nichts. Gar nicht reden ist blöd."

Finde ich auch. Also lass uns reden.

Als nach der dritten Stunde Oksana auftaucht, weil sie nicht krank ist, sondern bloß beim Arzt war, könnte ich sie zum Mond schießen. Sie kommt auch nicht auf die Idee, sich hinter uns in die freie Bank zu setzen, sondern beansprucht ihren Platz. Ivan denkt nicht dran, zu mir nach hinten zu kommen, und ich will ihn nicht fragen. Er soll von selbst wollen. Will er aber nicht. Eifersüchtig beobachte ich, wie er sich mit Oksana genauso unterhält wie mit mir. Hab meine Chance wohl verspielt. So ein glücklicher Zufall kommt nicht so bald wieder.

11

Als ich nach Hause komme, erklärt meine Mutter meinem Vater gerade, wie er die Tetra Paks zusammenfalten soll, damit sie möglichst wenig Platz verbrauchen.

„Schau mal, so.“ Sie faltet den Karton kompliziert, bis er schließlich nur mehr einen Bruchteil seiner Größe hat.

„Was du da machst, ist keine Mülltrennung, das ist Origami“, spottet mein Vater.

Meine Mutter lacht und schiebt den Karton in den vollen Mülleimer. „Könntest du auch mal wieder raustragen“, sagt sie zu mir.

„Kann das nicht er machen?“ Ich zeige auf meinen Vater.

„Du hast noch die Schuhe an. Geh doch schnell runter, das dauert nicht lang.“

„Na gut.“ Ich nehme den Müllsack mit spitzen Fingern und halte ihn weit weg von mir.

„Ich hab Isabel getroffen“, sagt mein Vater. „Sie sagt, ich soll dich erinnern, dass ihr euch verpflichtet habt, morgen beim Schulfest Brote zu verkaufen.“

Scheiße, das Schulfest. Brote verkaufen. Wann ist Isabel das bloß eingefallen? Bestimmt hat sie mich irgendwann gefragt und ich hab Ja gesagt und es sofort wieder vergessen.

„Ihr habt ein Schulfest?“, sagt meine Mutter erfreut. „Warum hast du mir das nicht gesagt?“

„Weil ich nicht hingehe.“

Mein Vater hebt die Augenbrauen. „Muss man nicht anwesend sein, um Brote zu verkaufen?“

„Wie schaut so ein Schulfest aus?“, will meine Mutter wissen.

„Da gibt's nur Sackhüpfen und so“, sage ich.

„Und Brote offensichtlich“, sagt meine Mutter. „Müssen wir auch Aufstriche machen?“

Ich hab mich wohl verhört. „Wir? Wir müssen überhaupt nichts machen.“ Schlimm genug, dass ich den morgigen Nachmittag in der Schule herumstehen muss. Wenn meine Mutter mitkommt, ist das absolute Strafverschärfung. „Du bleibst schön zu Hause, Mum.“

Meine Mutter sieht mich gespielt beleidigt an. „Da habt ihr einmal ein Schulfest und ich darf mir das nicht anschauen?“

„Allerdings nicht.“

„Wie willst du mir das verbieten? Ich will endlich mal deine Lehrer kennenlernen.“

„Dazu gibt's Elternsprechtage.“

„Von der persönlichen Seite, meine ich.“

Jetzt reicht's aber. „Spinnst du? Du wirst überhaupt niemand persönlich kennenlernen. Das sind meine Lehrer, nicht deine Freunde.“

„Wer redet denn von Freunden? Aber ich möchte doch wissen, wie die Leute so sind, die dich unterrichten.“

„Lass sie doch hingehen“, mischt sich mein Vater ein. „Wenn sie unbedingt will.“

„Du hast leicht reden“, fauche ich ihn an.

„Reg dich nicht so auf“, sagt meine Mutter. „Ich tu so, als würde ich dich nicht kennen.“ Sie grinst. „Soll ich dich siezen, wenn ich Brote kaufe?“

„Sehr witzig. Du gehst da sicher nicht hin.“

„Und wieso nicht, wenn ich fragen darf?“

„Ich will nicht mit einer Verrückten wie dir in Verbindung gebracht werden.“

Meine Mutter sieht mich spöttisch an. „Du bist ja nur neidisch, weil du nicht verrückt bist, sondern nur ganz normal neurotisch“, sagt sie.

Das sitzt. „Ich hasse dich“, schreie ich und gebe dem Müllsack einen Tritt, so dass sich sein Inhalt auf dem Küchenboden verteilt.

Meine Mutter zieht die Augenbrauen hoch. „Oh, là, là, sind wir heute wieder empfindlich.“

Mir reicht's. Ich knalle die Tür zu und verschwinde in mein Zimmer. Sollen die beiden den Dreck allein wegmachen.

Also ist Schulfest und ich stehe am Nachmittag gehorsam mit Isabel im ersten Stock unserer Schule und verkaufe belegte Brote und Getränke.

„Wozu haben wir ein Schulbuffet, wenn wir das selbst machen müssen?“, maule ich, als wir die Schüsseln mit Aufstrichen die Treppen hinauftragen und ein Brot nach dem anderen schmieren. Für einen Moment spiele ich mit dem Gedanken, in alle Schüsseln hineinzuspucken, damit wir alles wegschmeißen müssen und nach Hause gehen können.

Isabel ignoriert meine Frage. „Der Thunfisch-Aufstrich ist von Claras Vater." Sie steckt einen Finger hinein und schleckt ihn ab. „Mmmh, lecker."

Als uns die Direktorin entgegenkommt, versteckt sie ihre Hand schuldbewusst hinter dem Rücken.

„Danke, dass ihr das übernommen habt", sagt die Direx. „Obwohl ihr deswegen die Vorstellungen im Turnsaal verpasst."

Isabel schüttelt ihre Haare. „Kein Problem", sagt sie mit breitem Lächeln. „Wird ja alles aufgenommen. Wir schauen uns dann einfach das Video an."

Die Direx lächelt zurück und stellt eine Box auf den Tisch, auf der „Tip" steht. Dann verschwindet sie wieder. Ich schaue Isabel fragend an. „Tip?"

„Trinkgeld. Wir sind doch in der Englisch-Ecke." Sie zeigt auf die Wand hinter uns.

Erst jetzt merke ich, dass sie vollgeklebt ist mit Plakaten, auf denen Big Ben, Buckingham Palace und Tower Bridge zu sehen sind.

„Immer wenn du glaubst, es geht nicht mehr, kommt von irgendwo noch Schlimmeres her", murmle ich.

„Ist doch super", sagt Isabel. „Wir können zehn Prozent der Einnahmen behalten."

„Zehn Prozent?"

Isabel grinst. „Zehn Prozent wovon weiß doch keiner. Kann ja niemand nachprüfen, wie viele Brote es tatsächlich waren."

„Ich bin schockiert. Du willst tatsächlich die Schulkasse bestehlen?"

„Bestehlen würde ich das nicht nennen. Glaubst du,

ich arbeite hier unbezahlt? Das wäre Diebstahl an meiner Freizeit."

„Ist es auch so."

„Tu nicht so, als hättest du Besseres zu tun."

„Alles ist besser als das da."

„Wirst schon sehen, das wird noch lustig."

Das bezweifle ich. Aber was soll ich tun.

Isabel hat wirklich den Nerv, alle auf Englisch zu begrüßen. „Hello, may I help you? We have delicious tuna sandwiches."

„Tu mir einen Gefallen und halt den Mund", sage ich, als sie zum x-ten Mal die Aufstriche anpreist.

„Sei nicht so muffelig", gibt Isabel zur Antwort. Dann stößt sie mich an. „Schau mal, wer da kommt."

Ich will nicht schauen. Es ist bestimmt meine Mutter, und sie wird mich siezen, um alles noch peinlicher zu machen. Aber dann schaue ich doch und es ist Mona. Was macht die hier?

Als Mona mich sieht, stößt sie einen Freudenschrei aus und läuft mit ausgestreckten Armen auf mich zu. „Anuschka!"

Bevor ich reagieren kann, hat sie mich schon abgeknuddelt. „Hey, schön, dass du da bist."

„Hey", sage ich etwas verspätet.

Mona sieht sich interessiert die Brote an. „Kannst du mir was empfehlen?"

„We have delicious tuna sandwiches", mischt sich Isabel ein.

Ich halte Isabel den Mund zu. „Avocado ist gut", sage ich.

„Dann nehme ich das.“ Mona strahlt mich an, als wären Avocado-Sandwiches der Schlüssel fürs Glück.

„Was machst du denn hier?“, frage ich.

Mona lächelt. „Dich besuchen“, sagt sie verschmitzt.

„Paul besuchen, meinst du“, sage ich. Ich habe schon herausgefunden, dass der Schlagzeuger von *Zeitpunk* in meine Schule geht.

„Auch. Aber dich besuchen ist schöner.“

Ich weiß, das wird jetzt wieder ein Anna-du-bist-super-Gespräch, nur damit sie mich anschließend wieder ignoriert, wenn andere Leute dabei sind, und sich ewig nicht meldet. Ich habe keine Lust auf so was.

„Macht Paul irgendwas im Turnsaal?“, frage ich.

Mona nickt. „Alina tanzt und er macht Percussion. Müsst ihr euch anschauen, ist super.“

Ich zucke bedauernd die Schultern. „Ich muss hier Brote verkaufen.“

Mona grinst. „Ich esse einfach alle auf und dann hast du frei.“

Ich lächle. „Wann geht das mit Paul denn los?“

„Um fünf.“

„Wenn du uns hilfst, sind wir schneller fertig“, meint Isabel.

„Essen?“

„Verkaufen.“

Ich hätte es nicht gedacht, aber plötzlich stehen wir zu dritt da und versuchen, den Leuten ‚delicious tuna sandwiches‘ anzudrehen. Schneller sind wir dadurch nicht, aber immerhin ist es mir nicht mehr peinlich, hier zu stehen.

Außerdem erfahre ich, dass sie Fisch zwar isst, aber keinen Thunfisch wegen der Delfine, dass sie manchmal auf Englisch träumt, dass sie gern mal Schlagzeug ausprobieren möchte, aber Paul findet, sie soll lieber beim Singen bleiben, dass Steff noch gar nicht so lange bei der Band ist und dass der Proberaum Pauls Vater gehört. Ich trage mehr oder weniger passende Kommentare zur Konversation bei, habe aber selbst nichts zu erzählen. Das mit Stefan fände sie vielleicht witzig. Aber Isabel soll das nicht hören, und dann komme ich zu dem Entschluss, dass Mona das vielleicht doch nicht so witzig findet. Über das Fest letztes Wochenende reden wir überhaupt nicht. Es ist, als hätte es nie stattgefunden.

Und dann kommt meine Mutter. Ich sehe Isabel warnend an und schüttle ganz leicht den Kopf, so dass Mona es nicht merkt. Isabel versteht, was ich meine, schließlich habe ich ihr vorher davon erzählt. In solchen Situationen kann man sich auf sie verlassen.

Wenn meine Mutter denkt, sie kann mich ärgern, dann hat sie sich geschnitten. Nichts kann mich ärgern, wenn Mona neben mir ist.

„May I help you, madam?“, säusle ich, als sie sich dem Verkaufstisch nähert. „We have delicious tuna sandwiches.“

Isabel macht mit. „I hope you enjoy the afternoon here. I recommend our wonderful sheep cheese and spinat strudel.“

Spinat heißt auf Englisch nicht spinat, und siezen kann man auf Englisch nicht besonders gut, also entscheide ich mich doch für Deutsch. „Ich kann Ihnen auch die Avocadocreme sehr empfehlen."

Meine Mutter lässt sich nicht irritieren. „I take the Spinatstrudel", sagt sie und lässt sich von Isabel einen geben. Dann verschwindet sie wieder. Wohin auch immer. Soll sie.

„Du bist süß, wenn du Englisch redest", sagt Mona und strahlt mich schon wieder so an, dass ich nicht weiß, wo ich hinschauen soll.

„Na ja", brumme ich verlegen.

„Doch", behauptet Mona und sieht Isabel an. „Findest du nicht?"

Und bevor Isabel antworten kann beugt sie sich vor. Einfach so. Gibt mir einen Kuss auf die Wange. Einfach so. Und strahlt weiter. Einfach so.

Isabel grinst. Was anderes fällt mir auch nicht ein.

Kurz vor fünf sind tatsächlich nur mehr wenige Brote übrig.

„Die können wir hierlassen", findet Isabel. „Die sind jetzt zur freien Entnahme."

Ich bin einverstanden. Isabel hat mir die Verkauferei eingebrockt, soll sie es auf ihre Kappe nehmen, wenn wir nicht lang genug bleiben. Wir lassen die Brote liegen, nehmen das Geld aus der „Tip"-Schachtel und verschwinden in Richtung Turnsaal. Aufräumen können wir später.

Wir drängeln uns durch die Leute, bis wir in der ersten Reihe sind. Mona stellt sich neben mich und legt mir den Arm um die Schulter. Isabel hält sich an meiner anderen Seite an. Es fühlt sich gut an, so dazustehen.

Paul hat wirklich was drauf, Alina auch. Wahnsinn, wie die tanzen kann. Als die beiden fertig sind, nimmt Mona den Arm von meiner Schulter, um zu klatschen und zu pfeifen. Sie springt auf und ab. „Zugabe!“, schreit sie. Paul lächelt sie an. Er steht auf sie, da bin ich mir sicher. Alle stehen auf sie. Ich kann's ihnen nicht verübeln.

Obwohl die beiden eine Zugabe geben, bleibt Monas Arm, wo er ist. Ich bringe es nicht zustande, ihn wieder zu mir herzuholen.

Dann sind Paul und Alina endgültig fertig. Noch mal Klatschen, noch mal Pfeifen, noch mal ‚Zugabe‘-Rufe. Aber es kommt nichts mehr. Die beiden verbeugen sich, Paul nimmt seine Bongos und sie machen Platz für die nächste Darbietung. Ein paar aus der Unterstufe, die „Mein kleiner grüner Kaktus“ singen.

„Bin gleich wieder da“, sagt Mona und umarmt mich. Drückt mich ganz fest. Dann verschwindet sie in der Menge. Geht wahrscheinlich Paul suchen. Und kommt nicht mehr.

Isabel sieht ihr nach. „Die mag dich, hm?“, stellt sie fest.

Ich ignoriere das. „Gehen wir“, sage ich. „Oder hast du Lust auf Kaktus?“

Isabel schüttelt den Kopf und wir gehen nach hinten, raus aus dem Turnsaal. Ich will jetzt nicht über Mona nachdenken. Lass uns irgendwas anderes reden, um mich abzulenken.

„Die waren echt gut", sage ich. „Wie lange muss man Tanzstunden nehmen, um so was hinzukriegen?"

Aber Isabel steigt nicht darauf ein. „Die hat dich wirklich lieb", sagt sie noch mal, als hätte ich ihr vorher nicht zugehört.

„Mona hat alle lieb", sage ich missmutig.

Alle. Schau sie dir doch mal an. Die macht keinen Unterschied. Hält Händchen hier, kuschelt da, drückt und küsst dort.

Die restlichen Brote sind aufgegessen, die „Tip"-Schachtel umgeworfen, dafür liegen einige Münzen auf dem Tisch. Isabel steckt sie ein. „Wir teilen zu Hause, okay?"

Ich nicke. Ist alles egal. Wir stapeln Schüsseln aufeinander und klemmen uns die übrig gebliebenen Pappteller unter den Arm. Beim Schulwart liefern wir alles ab, so war's ausgemacht. Dann stehen wir noch ein bisschen vor der Schule herum und beobachten die Leute, die herauskommen, und die, die noch drin sind. Die Schultüren sind aus Glas, drinnen ist es hell und draußen dunkel, so können wir die Leute drinnen sehen, aber sie uns nicht.

Wer nicht sieht, dass wir sie sehen, ist zum Beispiel Mona. Mona, wie sie sich bei Paul einhängt. Mona, wie sie Paul die Haare verstrubbelt. Mona, wie sie Paul anstrahlt, so wie mich, ganz genauso wie mich.

12

Als ich die Tür zu Isabels Zimmer öffne, sehe ich Silvie neben Isabel auf der Couch sitzen.

„Was machst denn du da?“, frage ich überrascht.

Silvie lacht. „Schönen guten Tag dir auch.“

„Sorry“, murmle ich. „War nicht so gemeint. Ich hab mich nur gewundert, äh, also, ich wusste gar nicht, dass ihr euch kennt, äh.“

Verlegen kratze ich mich am Hinterkopf. Warum stottere ich immer so rum, wenn ich Silvie sehe? Nur weil sie mit Monas Bandkollegen befreundet ist?

„Hallo“, sage ich schließlich verspätet, dafür gleich mehrere Male. „Hallo. Hallo.“

„Hallo hallo“, erwidert Isabel.

Silvie grinst mich nur an und streckt mir ein Soletti entgegen.

Die nächste Stunde verbringen wir damit, von einer Talkshow zur nächsten zu zappen. Irgendwie heißen alle gleich, sehen gleich aus, labern den gleichen Scheiß.

„Sie hat misch betrogen, sieben ganze Jahre lang. Und jetzt will sie, dass isch ihr das verzeih?“

„Mir habe wirklisch Geld benödicht, mir habe ja nix zu schaffe g'hat. Da isch uns die Idee komme, die Stereoanlag von der Lisa z'verscherble.“

„Die findet sich doch schön, mit diesen Riesentitten. Soll ich dir mal sagen, wie das aussieht? Scheiße siehst du aus, einfach nur scheiße.“

Das sind also die Probleme dieser Welt. Wie soll ich das bloß aushalten. Ivan war heute nicht in der Schule. Warum war Ivan heute nicht in der Schule?

Vielleicht sollte ich Isabel doch von Ivan erzählen? Bloß, was denn? War ja nichts.

Und schon gar nicht, wenn Silvie dabei ist. Schließlich kenn ich die gar nicht richtig.

„Ich find auch, dass sie scheiße aussieht“, sagt Isabel gerade. „Zu viel Brust-OP ist auch nicht gut.“

„Hm.“

„Findest du nicht auch?“

„Mir doch egal.“

„Komm schon.“ Sie beugt sich zu mir und sticht mir mit einem Soletti in die Seite. Es bricht ab und bröselt auf die Couch.

„Lass das.“

„Was bist du so scheiße drauf in den letzten Tagen? Ist irgendwas passiert?“

„Passiert ist nichts, das ist es ja. Stört dich das gar nicht, dass nie etwas passiert?“

„Stimmt doch gar nicht.“ Silvie zeigt mit einem Soletti auf den Fernseher, wo sich gerade zwei Frauen anbrüllen.

„Du steigst doch mit jedem ins Bett, du Schlampe! Aber mit meinem nicht, das sag ich dir! Mit mei-nem nicht!“

„Passiert doch was“, sagt Silvie grinsend. Dann schaut sie auf die Uhr. „Scheiße, ich muss los.“ Sie springt auf und wischt sich die Hände an der Hose ab.

„Ich meld mich“, ruft sie, während sie im Vorzimmer in ihre Stiefel schlüpft. Dann fällt die Tür hinter ihr ins Schloss.

Isabel und ich schauen einige Minuten lang schweigend auf den Bildschirm.

„Wusste gar nicht, dass du Silvie kennst“, sage ich nach einiger Zeit.

„Die war doch auf Monas Konzert.“

„Da waren viele Leute“, erwidere ich. „Kennst du die alle?“

Isabel setzt sich auf. „Brauchst gar nicht so schnippisch sein. Wenn du einfach abhaust, was soll ich dann machen? Mit irgendwem muss ich doch reden.“

Ich sinke noch ein bisschen tiefer ins Sofa. „Sorry, ja, eh klar. Ich wusste nur nicht, dass ihr schon so gut befreundet seid.“

Isabel lacht. „Bist du eifersüchtig?“

„Blödsinn!“

Aber Isabel lässt sich nicht beirren. „Nur weil ich mich ein paarmal mit Silvie getroffen habe? Die ist voll nett, weißt du?“

Ich rapple mich auf und setze mich aufrecht hin. „Ich dachte nur, ich weiß, mit wem du dich triffst.“

„Ich muss dir doch nicht immer im Detail berichten, was ich tue. Erzählst du mir denn immer alles?“

Das ist jetzt meine Chance, ihr von Ivan zu erzählen. Außerdem will ich vom Thema Silvie ablenken.

„Wenn ich dir was erzähle, hörst du dann zu?“, frage ich vorsichtig.

„Uuh, was ist denn passiert?“

Ich zögere.

„Ivan war heute nicht da“, sage ich nach einer Pause.

Jetzt ist es draußen.

Isabel macht ein ernstes Gesicht, setzt sich ganz gerade hin und faltet die Hände.

Ich stöhne theatralisch und verdrehe die Augen.

„Warum hast du mir das nicht schon längst erzählt?“, fragt Isabel vorwurfsvoll.

„Was denn erzählt?“, frage ich genervt.

„Woher soll ich das denn wissen. Aber offensichtlich gibt's da irgendwas, was ich nicht weiß.“

„Ich mein, stell dir mal vor, deine beschten Freund breche bei dir ein und klaue deine Stereoanlag. Was sind desch für Freund?“

„Dann schalt aber mal den Fernseher leiser.“

„Oh, là, là, so wichtig?“ Isabel sucht die Fernbedienung. Dann greift sie nach den Soletti und raschelt absichtlich laut.

„Hörst du mir jetzt zu oder nicht?“ Ich halte die Soletti-Packung fest.

„Schon gut.“ Isabel verknotet ihre Beine zum Yogasitz. „Wann, wo und warum war was mit wem?“

Ich kriege Herzklopfen und weiß nicht, warum.

„Mach's nicht so spannend!“

Ich lächle schwach und bereue, davon angefangen zu haben. Ich habe ja wirklich nichts Spannendes zu erzählen.

„Wenn du nicht damit rausrückst, will ich wenigstens Soletti essen dürfen.“ Isabel greift nach der Packung, die ich noch immer fest im Griff habe.

Erst jetzt scheint ihr einzufallen, von wem überhaupt

die Rede ist. „Redest du von Ivan, dem Psycho? Mein Gott, hat er dich belästigt oder so?"

„Ich rede von gar niemand. Du redest die ganze Zeit."

„Stell dich nicht so an. Also Psycho-Ivan."

„Kannst du bitte aufhören, ihn Psycho zu nennen?"

Ich kann nicht mehr zurück, also erzähle ich Isabel einfach, dass ich gar nicht krank war, als wir Mathe-Schularbeit hatten.

„Du hast mich angelogen. Ich fass es nicht. Und warst mit Ivan im Park. Das fass ich noch viel weniger."

„Wir sind rumgesessen und haben gequatscht. Was ist daran so aufregend?"

„Aufregend? Du warst mit Psycho-Ivan im Park! Dir hätte weiß Gott was passieren können."

„Er ist kein Psycho." Langsam werde ich sauer.

„Gut, er ist kein Psycho. Du stehst auf ihn. Na ja, immerhin stehst du mal auf irgendjemand."

„Wer sagt denn, dass ich ..."

„Ich dachte schon, mit dir stimmt irgendwas nicht. Weil du meine Angebote nie angenommen hast."

„Angebote? Du hast mir vorgeschlagen, mit deinem Cousin ins Kino zu gehen."

„Genau. Und du wolltest nicht."

„Dein Cousin ist zweiunddreißig!"

„Na und? Aber sehr attraktiv. Wenn wir nicht verwandt wären ..."

„*Ich tu meinem Sohn ja nicht verbieten, mit seiner Cousine zu, na, Sie wissen schon. Schön ist das nicht, aber verboten auch nicht. Aber jetzt ein Kind, nein, was da alles rauskommen kann*", heult eine ältere Frau in die Kamera.

„Könntest du aber“, sage ich und zeige auf den Bildschirm. „Ist nicht verboten.“

„Aber auch nicht schön, wie du hörst.“ Isabel zappt auf einen anderen Kanal.

„Jedenfalls ist es blöd, dass Ivan heut nicht da war.“

Isabel lächelt versonnen. „Du bist verliebt.“

„Ich bin nicht verliebt“, fauche ich.

„Ja, klar. Deshalb bist du auch so scheiße drauf.“

Das Thema Ivan ist noch unangenehmer zu besprechen, also kehre ich doch wieder zum Thema Silvie zurück. „Du, was denkt Silvie eigentlich von mir?“

Isabel starrt auf den Bildschirm. „Würdest du gern wissen“, murmelt sie.

„Ja, würde ich gern wissen.“

„Sie findet dich ein bisschen arrogant“, sagt Isabel, ohne den Blick vom Fernseher zu nehmen.

„Arrogant?!“, rufe ich ungläubig. „Wie kann man mich bitte arrogant finden?“

„Sie meint, du redest anscheinend nicht mit Leuten, die dich nicht interessieren“, erklärt Isabel. „Aber prinzipiell findet sie dich sympathisch.“

„Arrogant“, wiederhole ich. Das ist das Absurdeste, was ich je gehört habe.

„Aber sympathisch“, ergänzt Isabel. „Aber lenk nicht vom Thema ab. Du und Ivan. Die beiden Mauerblümchen. Das ist superromantisch!“

Ich schüttle fassungslos den Kopf. „Von Höflichkeit hast du auch noch nie was gehört, oder?“

Isabel lacht und umarmt mich. „Du weißt doch, wie ich das meine. Aber Ivan und du, ist doch super!“

Ich schüttle ihre Umarmung ab. „Da gibt's kein Super!", grummle ich.

Isabel sieht mich mitleidig an. „Jetzt hab dich nicht so. Du hast jemand kennengelernt, der dir gefällt, und wir sorgen dafür, dass du ihn auch kriegst."

„Tun wir das?"

„Na klar tun wir das. Wozu hat man Freundinnen?"

Na wunderbar.

„Tu nicht so, als würdest du das nicht wollen", sagt Isabel vorwurfsvoll. „Ist doch nichts dabei, wenn dir jemand gefällt."

„*Die rennen dir doch nur wegen deiner Titten nach*", ruft ein Mann ins Mikrofon. „*Denen geht's doch nicht um dich, denen geht's nur ums Ficken. Aber ich, ich war schon vor der OP für dich da und ich werde immer für dich da sein.*" Er überreicht der Frau mit den Riesenbrüsten einen Strauß roter Rosen.

„Zier dich nicht so", sagt Isabel „Ist doch nichts dabei, wenn du auch mal ficken willst."

„Mir geht's doch gar nicht ums Ficken", schreie ich wütend. „Du kapierst einfach überhaupt nichts."

Isabel legt mir die Hand auf die Schulter und setzt einen Fernsehpsychologinnen-Blick auf. „Schatz, es ist auch mit sechzehn noch völlig okay, nur Händchen halten zu wollen."

„Ich will auch nicht Händchen halten", fauche ich.

Isabel zuckt die Achseln. „Ja, was willst du dann?", fragt sie verwundert. „Erst bist du schlecht gelaunt wegen diesem Typen, und dann willst du gar nichts. Das verstehe ich nicht."

Was will ich denn von Ivan? Wieso steht so etwas nicht auf meiner Liste?

„Ich will nicht jetzt schon nachdenken müssen, was ich von ihm will. Verstehst du?“

Isabel wiegt den Kopf. „Nein. Aber Hauptsache, du verstehst es. Ficken kannst du ihn ja dann immer noch.“

Ich grinse schief. „Wenn du meinst.“

13

„Anuschka“, tönt es über den Eislaufplatz. Nein, ich drehe mich nicht um. Wenn ich mich jetzt umdrehe, kommt die allseits bekannte Slapstick-Nummer. Umdrehen – über die eigenen Beine stolpern – hinfallen – über das Eis schlittern. Das Ganze mit zugeschaltetem Gelächter. Ich fahre an den sicheren Rand, halte mich am Geländer an, erst dann schaue ich hoch und winke.

Unsere Turnlehrerin, die Sievert, hatte den Einfall, mit uns eislaufen zu gehen. Vielleicht steht so was auch im Lehrplan, keine Ahnung. Mona hatte anscheinend dieselbe Idee.

Die Sievert klatscht in die Hände und winkt alle, die noch auf der Eisfläche sind, zum Ausgang. Wie immer, wenn wir im Turnunterricht das Schulgebäude verlassen, sind einige auf dem Weg mehr oder weniger unauffällig verloren gegangen. Auch Isabel ist kurz vor dem Eingang zum Eislaufplatz abgebogen. Sie hasst Eislaufen.

Ich fahre den Rand entlang, bis ich bei Mona angekommen bin, die auf der anderen Seite des Geländers steht. Sie beugt sich vor und küsst mich zur Begrüßung auf die Wangen. Hinter ihr sitzen Silvie und Steff und ziehen gerade ihre Eislaufschuhe an.

„Bleibst du noch da, Anna?“, fragt die Sievert, die zählt, ob alle da sind.

„Sie bleibt noch da“, sagt Mona, bevor ich antworten kann. „Oder?“

Ich nicke. Natürlich bleibe ich noch.

„Sag nicht, dass du hergekommen bist, um mich zu besuchen“, sage ich zu Mona.

Mona grinst. „Und wenn doch?“

„Dann würde ich dich fragen, ob du mich verfolgst.“

Sie sieht mich erstaunt an. „Verfolgen?“

„Na ja, du kannst ja nicht wissen, wo ich gerade bin. Trotzdem tauchst du plötzlich dort auf. Auf dem Schulfest, auf dem Eislaufplatz …“

Monas Gesicht verzieht sich zum Schmollmund. „Ist das nicht gut?“

„Doch, also …“, stottere ich. „Natürlich ist das gut.“

Mona lacht und steigt aufs Eis. Sie nimmt mich an der Hand und fährt einfach los.

Das wäre jetzt wieder mal eine Szene für einen richtig romantischen Film. Wir fahren Hand in Hand im Gleichschritt, machen Drehungen und Sprünge. Die Kamera fokussiert auf uns, alles andere wird unscharf, die Musik wird lauter, wir fahren unserem Glück entgegen. Dann kommt der Abspann. Der Abspann ist überhaupt das Beste. Da muss man sich nämlich nicht vorstellen, was danach kommt. Romantisches Schlittschuhlaufen und dann aus. Glücklich für alle Ewigkeit.

Natürlich ist es nicht so, nicht mal das bisschen vor dem Abspann ist romantisch. Mona fährt viel schneller als ich, ich komme kaum nach. Ich muss Pause machen, schließlich bin ich schon eineinhalb Stunden gefahren. Im Film müsste Mona jetzt mit zum Rand fahren, mir Tee mit Rum holen und sich neben mich auf die Bank setzen, bis ich mich ausgeruht habe. Währenddessen würde ich alles über sie und sie alles über mich erfahren und das Kinopublikum würde merken, dass wir füreinander bestimmt sind. Aber Mona nickt bloß, als ich sage, dass ich mal Pause machen muss. Ich setze mich allein auf die Bank, und statt die Rolle der Hauptdarstellerin zu übernehmen, spiele ich Zuschauerin. Schaue Mona zu, die ihre Runden dreht. Mona, die fast in Steff hineinfährt, sich an seiner Jacke anhält und sich ein Stück ziehen lässt. Mona, die Steff an der Hand nimmt und sich mit ihm im Kreis dreht. Silvie, die daneben herfährt und dann Richtung Ausgang. Silvie, die vom Eis auf die Gummimatte steigt und mit staksigen Schritten zu meiner Bank kommt.

„Na, keine Sprünge und Pirouetten mehr für heute?“, fragt sie.

„Ich bin nicht so der Sprünge-und-Pirouetten-Typ.“

„Was für ein Typ bist du denn?“

Ich überlege. „Eher der Rumsitz-und-Zuschau-Typ.“

„Ich auch“, sagt Silvie und setzt sich neben mich. „Die Vorstellung ist heute aber nicht besonders.“

„Hm.“

„Glaubst du, wir können umschalten?“ Sie hält eine unsichtbare Fernbedienung in Richtung Eis und drückt darauf herum.

„Funktioniert nicht, hm?“

Steff und Mona fahren nach wie vor Händchen haltend und lachend ihre Runden. Ich ziehe meine Kapuze tiefer ins Gesicht und seufze. „Warum ist alles im Leben so schwer?“

Silvie lacht. „Weil wir weiße Mittelklassekinder sind?" Sie greift nach meiner Kapuze und zieht sie wieder nach oben. Mit der anderen Hand richtet sie die unsichtbare Fernbedienung auf mich und drückt darauf.

„Was war das jetzt?", frage ich, halb verärgert, halb amüsiert.

„Das Nimm's-nicht-so-schwer-Programm", antwortet Silvie. „Stress dich doch nicht so wegen Mona. Die hält's halt nicht aus, wenn sich nicht immer alles um sie dreht. Aber sonst ist sie ganz okay."

„Ich hätte auch gern, dass sich alles um mich dreht", sage ich missmutig. „Warum funktioniert das bei ihr, aber bei mir nicht?"

Silvie lacht wieder. „Dann musst du aber mal anfangen, andere Leute zu grüßen."

Ich gehe nicht mehr auf die Eisfläche, auch wenn ich dadurch die Möglichkeit versäume, noch ein paar Runden mit Mona zu drehen. Silvie bleibt ebenfalls sitzen. Immer wieder drücken wir auf die Fernbedienung.

Es tut gut, sich an Silvie anzulehnen. Es tut gut, mit Silvie über Mona zu lästern. Tatsächlich, so perfekt ist Mona nicht. Sie hat Pickel am Kinn. Aber das Schlimme ist, ich finde sie auch mit Pickeln schön.

14

Nichts passiert. Nichts. Nichts. Ich sitze rum. Isabel sitzt rum. Wir sitzen gemeinsam rum. Machen Hausaufgaben. Schauen alte Filme an.

„Kann ich mal deine ehrliche Meinung hören?“ Isabel hat aufgehört, mit ihrem Handy zu spielen, und sieht mich an.

„Sicher, um was geht’s?“

„Also, ich hab letztens diesen Typen kennengelernt. Florian. Der schreibt total süße Sachen.“

Ich bin skeptisch. „Hast du ihn schon mal gesehen?“

Isabel schüttelt den Kopf. „Nur sein Foto. Aber wir haben schon drei Mal telefoniert. Ich sag’s dir, diese Stimme ...“ Sie macht ein Gesicht, als würde sie gerade Schokolade im Mund zergehen lassen.

„Hast du vor, ihn zu treffen?“, frage ich weiter.

„Und wie ich das vorhabe!“

„Hat er vor, dich zu treffen?“

Isabel nickt heftig. „Er kann’s gar nicht erwarten.“

„Na dann, klingt doch gut“, finde ich.

„Klingt sehr gut“, bestätigt Isabel. „Aber, und jetzt meine Frage: Soll ich mit Marek gleich Schluss machen oder soll ich warten, bis ich Florian geküsst habe?“

„Ähhh." Ich bin überfordert. Woher soll ich so etwas wissen? „Als Marek dich besuchen war, da warst du doch noch total verliebt in ihn, oder?"

Isabel nickt. „Ja, total."

„Und wenn du Florian nicht kennengelernt hättest, würdest du dann noch mit Marek zusammen sein wollen?"

„Ja, klar."

„Das heißt, du magst Marek noch immer."

Isabel nickt.

Ich bin verwirrt. „Aber wenn du Florian küsst, dann magst du Marek plötzlich nicht mehr? So von einer Sekunde auf die andere?"

Isabel sieht mich verständnislos an. „Wieso, dann bin ich ja mit Florian zusammen." Sie lacht. „Außerdem küsse ich bitteschön länger als eine Sekunde."

„Das verstehe ich nicht."

„Noch nicht", fängt Isabel wieder damit an. „Noch nicht."

„Was heißt hier bitte *noch*!", rege ich mich auf.

„Dich wird's auch mal erwischen." Isabel lächelt versonnen. „Dann wirst du wissen, was ich meine."

„Sicher. Nicht. So", sage ich.

Aber Isabel nimmt mich nicht ernst. „Wirst schon sehen. Also, was denkst du, soll ich mit Marek gleich Schluss machen oder warten?"

Hilflos hebe ich die Schultern. Ich verstehe kein Wort von dem, was Isabel sagt.

„Du bist echt überhaupt keine Hilfe", grummelt Isabel.

Ich glaube, ich komme von einem anderen Planeten.

In der Schule weiterhin nichts, bis auf Ivan schräg vor mir und ich schräg hinter Ivan.

Einfach fragen, sage ich mir, einfach fragen.

‚Gibst du mir mal deine Nummer, Ivan?'

‚Wo wohnst du eigentlich?'

‚Hast du mal nach der Schule Zeit?'

Was für blöde Fragen. Die stelle ich ganz bestimmt nicht.

Und wenn doch?

Nein, ganz bestimmt nicht.

Wieso können nicht einfach alle alle mögen? Alle alle anrufen? Mona ist so. Die mag alle. Die ist mit allen befreundet. Die ruft alle an. Na ja, nicht alle. Mich nicht.

Irgendetwas muss ich tun. Morgen beginnen die Semesterferien und da will ich Ivan zumindest irgendwie kontaktieren können. Die Wahrscheinlichkeit, dass ich das tatsächlich tue, ist gering, aber trotzdem.

Ich versuche, meine Ohren taub für Isabels Geschwafel zu machen und nur dem zuzuhören, was in der Reihe vor mir gesprochen wird.

Isabel: „Domenica ist jetzt mit dem Lukas aus der Achten zusammen."

Oksana: „Kommen bei dir auch so komische Zahlen raus?"

Ivan: „Zeig mal."

Isabel: „Der ist voll hässlich."

Ivan: „Meine sind auch komisch, aber anders komisch als deine."

Oksana: „Oh Gott, ich werde durchfallen!"

Isabel: „Der hat ganz schiefe Zähne. Und riecht auch voll komisch."

Ivan: „Die sollen aber komisch sein. Wenn ganze Zahlen rauskommen würden, dann wär's falsch, glaub ich."

Oksana: „Aber welches Komisch ist jetzt richtig? Meins oder deins?"

Ivan: „Keine Ahnung."

Isabel: „Muss echt eklig sein, den zu küssen."

Oksana: „Hast du Lust, nächsten Samstag auf eine Party zu kommen?"

Ivan: „Gerne."

Isabel: „Wie findest du das?"

Oksana: „Da kann ich dann feiern, dass ich dieses Semester negativ sein werde."

Ivan: „Die Noten stehen doch eh schon fest."

Isabel: „Sag mal, hörst du mir überhaupt zu?"

Ich nicke. „Voll komisch", sage ich.

Oksana geht also auf Partys, sieh an. Das wusste ich nicht. Und Ivan geht mit. Ich weiß, dass ich heute etwas tun muss. Ich muss Oksana dazu bringen, auch mich für Samstagabend einzuladen.

Die Beispiele, die wir als Hausaufgabe hatten, muss immer jemand an der Tafel vorrechnen. Dafür gibt's ein Plus oder ein Minus, je nachdem. Zu Beginn jeder Mathe-Stunde bricht deshalb Panik aus. Am lautstärksten wird die Panik von denen geäußert, die sowieso nur Einser und Zweier schreiben. Aber es gibt auch solche, deren Panik begründet ist. Oksana zum Beispiel.

Hin und wieder geht jemand freiwillig an die Tafel. Die Liebe der gesamten Klasse ist dadurch garantiert, zumindest kurzfristig.

Die Chance, dass Oksana heute drankommt, ist groß. Ich kann sehen, wie sie immer kleiner wird und versucht, in ihrem Sitz zu verschwinden. Die Liebe der Klasse ist mir egal. Aber für Oksana sollte ich etwas tun, damit sie mich auf ihre Party mitnimmt. Ich zeige also auf. Ich habe die Aufgabe gemacht und kann das Beispiel einigermaßen. Es kommen komische Zahlen raus. Aber wenn Ivan sagt, dass das so sein soll, dann kann ich nicht viel falsch machen. Ich schreibe Zahlen um Zahlen an die Tafel. Anscheinend habe ich richtig gerechnet. Als ich mich wieder setze, fühle ich mich so gut wie schon lange nicht mehr.

In der Pause schickt mir Alex Luftküsschen. „Anna, ich liebe dich", ruft er. „Wir lieben dich alle!", tönt es aus den hinteren Reihen. So einfach geht das also.

„Ich geh mal was zum Essen kaufen", sagt Isabel und verschwindet Richtung Schulbuffet.

Ich tippe Oksana und Ivan auf die Schultern. „Welches Komisch war jetzt richtig?"

Ivan lacht. „Nur deins", sagt er. „Wir beide haben's total versemmelt."

Oksana lächelt mich an. Ich verstehe wirklich nicht, warum die meisten nichts mit ihr zu tun haben wollen. Sie ist eigentlich ziemlich nett.

„Sag mal, auf der Party nächsten Samstag, ist da noch ein Platz frei?"

„Ein Platz frei?“ Oksana versteht nicht, was ich meine.

„Na, kann ich da auch hin?“

„Aber du wirst niemand verstehen“, sagt Oksana verwundert. „Die sprechen alle Russisch.“

„Ist mir egal“, lüge ich. „Stört es dich, wenn ich mitkomme?“ Soll sie doch von mir denken, was sie will.

Oksana zieht die Augenbrauen hoch. „Wenn du meinst.“ Sie schreibt mir die Adresse auf einen Zettel und legt ihn auf meinen Tisch. ‚Soll ich was mitbringen?‘, möchte ich fragen, doch da kommt Isabel schon mit einem belegten Brot zur Tür herein und ich schiebe den Zettel schnell in meine Hosentasche. Gerade noch rechtzeitig, Isabel hat nichts gesehen. Sie setzt sich neben mich und hält mir das Brot an den Mund. Wellness-Eck mit Gurken und Salat. Für Linie und Gesundheit.

„Beiß ab.“

Ich tue, was sie sagt.

Der nächste Samstag kann nur peinlich werden. Aber das ziehe ich durch.

15

Wenn wir im Schulgebäude bleiben, kommen zum Nachmittagsturnen meistens alle. Damit sie keine Fehlstunden haben. Wer nicht kommt, wird als fehlend eingetragen und kriegt ziemlichen Ärger, wenn das zu oft passiert. Wer kommt und nicht mitturnt, gilt als anwesend und kriegt nur Ärger mit der Sievert. Es ist jedes Mal fast die Hälfte der Mädchen unserer Klasse, die regelmäßig auf den Matten sitzt, zuschaut und kichert. Dafür gehen die alle ins Fitnessstudio.

Ich mache immer mit. Isabel auch, außer wenn wir eislaufen gehen. Wir mögen Turnen. Die Sievert spielt Fußball mit uns und solche Sachen. Nicht nur Bodenturnen und Rundenlaufen.

Die Sievert reißt die Tür zum Umkleideraum auf, einige schreien „Ah“ und „Oh“ und verdecken Körperteile, die es nicht gibt. Der Großteil sitzt und schaut gelangweilt.

Die Sievert stellt sich breitbeinig vor der Türe auf, die Hände hinter dem Rücken. „Wer turnt heute nicht mit?“, fragt sie mit energischer Stimme.

Eine Hand nach der anderen geht in die Höhe.

„Und warum nicht, wenn ich fragen darf?“ Die Sievert schaut Clara an.

„Ich hab die Regel“, sagt Clara. „Frau General“, setzt sie murmelnd nach.

Die Sievert geht alle durch, die aufgezeigt haben. „Regel“, „Regel“, „Kopfweh“, murmelt es sich durch den Raum. Als alle durch sind, zieht die Sievert Tampons und eine Packung Schmerztabletten hinter ihrem Rücken hervor.

„Ich möchte, dass heute mindestens zwei Drittel der Anwesenden auch mitturnen“, sagt sie. „Ist das klar?“ Sie legt die Tampons und die Tabletten auf den Boden in die Mitte des Raumes. „Zur freien Entnahme.“

Ich muss grinsen. Die Sievert ist cool. Nach einem schnellen Blick in die Runde stelle ich fest, dass ich als Einzige dieser Meinung bin. Clara springt auf. „Ich weigere mich, mich mit Medikamenten vollpumpen zu lassen!“, sagt sie entschlossen. Nach kurzem Zögern stehen auch Katrin und Domenica auf. „Wissen Sie überhaupt Bescheid über die Verbrechen der Pharmaindustrie?“

Die Sievert ignoriert die drei und verlässt den Raum. „Fünf Minuten“, sagt sie.

Ich warte, bis nur noch Isabel und ich übrig sind. Isabel hasst es, sich vor den anderen umzuziehen. Ich hasse es, ohne Isabel in den Turnsaal zu gehen.

„Was hältst du von der Aktion?“, frage ich.

„Die will ja nur, dass alle mitturnen, damit sie noch mehr Mädchen beim Umziehen zuschauen kann“, ätzt Isabel. Sie versteckt sich unter ihrem T-Shirt, während sie sich umzieht.

Ich seufze. „Ja klar. Alle Turnlehrerinnen sind lesbisch.“

„Ich sage nicht, alle“, regt sich Isabel auf. „Aber die Sievert auf jeden Fall.“

„Warum?“, will ich wissen. „Weil sie kurze Haare hat und sportlich ist?“

Isabel schüttelt den Kopf. „Das glauben vielleicht meine Eltern. Aber merkst du nicht, wie sie dich immer anstarrt?“

„Haha“, sage ich.

„Ehrlich“, meint Isabel. „Die steht auf dich.“

Ich boxe sie in die Seite. „Verarsch wen anderen.“ Plötzlich schießt mir ein, dass das jetzt ein guter Zeitpunkt wäre, Isabel von Mona zu erzählen. Bevor ich länger überlegen kann, rede ich weiter. „Würde mich außerdem gar nicht stören, wenn sie auf mich steht.“

Isabel sieht mich irritiert an. „Wer, die Sievert? Findest du die etwa attraktiv?“

„Hm“, mache ich. „Geht so. Aber prinzipiell. Also ich meine, es würde mich nicht stören, wenn eine Frau auf mich steht. Wär mal was anderes.“

Klingt so, als ob ich es gewohnt wäre, dass Männer auf mich stehen. Haha.

Isabel beißt auch brav an und das Gespräch geht weiter in diese Richtung. „Vielleicht steht ja auch eine Frau auf dich und du merkst es nicht“, sagt sie.

„Wer sollte denn auf mich stehen? Du vielleicht?“

Isabel lacht. „Das wohl eher nicht. Aber ...“, sie sieht sich suchend um. „Oksana vielleicht.“

„Oksana!“

„Oder irgendeine ganz Schüchterne. Eine, die sich nie traut, etwas zu sagen. Die dich immer von der Ferne aus anhimmelt und sich ausmalt, wie es wohl wäre mit dir. Und in zehn Jahren ist sie ein berühmter Rockstar und schreibt dir einen Brief, in dem sie dir gesteht, wie sie sich damals gefühlt hat. Dann wirst du sie interessant finden, aber dann ist es zu spät."

Spielt sie da auf etwas an? Rockstar und so? Ich versuch's mal. „Tja, wenn sie jetzt schon ein Rockstar wäre, hätte sie mehr Chancen."

„Aha?", sagt Isabel mit fragendem Unterton.

„Ich steh auf Rockstars", sage ich.

„Wie viele Rockstars kennst du denn?", fragt Isabel.

„Eh nur eine", antworte ich und muss lächeln beim Gedanken an Mona.

„Wen denn?"

„Rat mal."

Isabel muss nicht lange überlegen. „Mona?", fragt sie.

Ich nicke.

„Im Ernst? Also, echt, ganz wirklich?"

Ich glaube, ich werde rot. „Ja, echt, ganz wirklich."

Isabel strahlt. „Ist ja süß! Anna ist endlich mal verliebt. Jetzt versteh ich, warum du so komisch warst, als ich dachte, dass du in Ivan ..."

Schön, dass Isabel mich jetzt versteht. Und dass sie sich so freut.

„Ich glaube, du und Mona würdet gut zusammenpassen."

Das glaube ich zwar nicht, aber was soll's.

„Ist doch ein guter Anfang für Punkt 7", stellt Isabel fest.

„Hm."

„Ach, komm schon. Sei nicht immer so negativ!"

„Mhm. Können wir bitte das Thema wechseln?"

Isabel überlegt. „Punkt 5 kannst du eigentlich auch abhaken", sagt sie.

„Sag mal, kennst du meine Liste auswendig?"

Isabel lacht. „Natürlich. Punkt 5 ist Open-Air-Festival."

„Wann bitte soll das gewesen sein?"

„Letzten Sommer, weißt schon, wo ich Marek kennengelernt habe." Isabel wirft theatralisch den Kopf in den Nacken und schmatzt in die Luft.

„Du verwechselst da was. Bierzelt ist nicht Open Air."

Isabel protestiert: „Da war auch was vor dem Zelt."

„Hast du mal weitergelesen, was da noch steht? Da steht ‚Festival'! Ein Keyboard und eine Sängerin machen noch kein Festival."

„Da war auch noch Gitarre", verbessert mich Isabel.

„Das war trotzdem kein Festival, das war einfach nur grausam." Ich will mich nicht daran erinnern. Meine Aufgabe war es damals, Isabels Vater abzulenken, damit Isabel mit Marek verschwinden konnte.

„Nur eine halbe Stunde, ich versprech's dir", hat Isabel gesagt. Ich habe gestoppt, es waren eine Stunde und siebenundvierzig Minuten, die ich damit verbracht habe, den betrunkenen Vater von Isabel davon abzuhalten, mit mir tanzen zu wollen. Während rund um mich die Landjugend geknutscht hat.

„Du warst echt ein Schatz, dass du das für mich getan hast", sagt Isabel. „Weißt du, dass ich dich liebe?"

„Ich musste fast mit deinem Vater tanzen", sage ich grimmig. „Das verzeihe ich dir nie."

„Komm schon, mein Vater hat den Tanzkurs Gold gemacht."

„Brrr." Ich schüttle mich. „Bierzelt ist nicht Open-Air-Festival. Und jetzt Themawechsel."

„Das wird alles noch", versucht Isabel mich zu trösten. „Du hast noch mehr als drei Viertel deines Lebens vor dir."

„Sehr tröstlich."

„Wirst sehen, wir beide werden mit siebzig auf dem Bahnhofsvorplatz auf dem Boden sitzen und uns volllaufen lassen, damit du Punkt 3 hinter dich bringen kannst."

„Klar, und am Tag danach wachen wir in einem Park auf und wissen nicht, wie wir da hingekommen sind."

„Oder auf einer Polizeistation. Wo du die Polizistin küsst."

„Die findet das bestimmt voll eklig, wenn ich mit meinen falschen Zähnen über sie herfalle."

Isabel kichert.

Ich greife ihr in die Haare und ziehe ihren Haargummi runter. „Jetzt, wo du so glücklich informiert bist, können wir ja turnen gehen." Mit dem Haargummi in der Hand laufe ich in den Turnsaal.

Während der Turnstunde kann ich es mir nicht verkneifen, zu überprüfen, ob die Sievert mich anstarrt. Tut sie nicht. Eins zu null für mich. Außerdem trägt sie einen Ehering.

Ich weiß, das muss nichts heißen, heutzutage kann man auch eine Frau heiraten.

Heutzutage kann man alles.

Nur macht es das nicht unbedingt einfacher.

Immerhin habe ich mich geoutet, das ist toll. Das ist gut, das ist perfekt.

Das Problem ist nur, dass ich nicht weiß, ob ich die Wahrheit gesagt habe.

Bin ich tatsächlich in Mona verknallt?

Ich wäre einfach so gern wie sie. Möchte sie ständig in meiner Nähe haben, ihre Stimme hören, ihr Lachen. Doch, ich muss verknallt sein. So ist das doch, oder? Zumindest ist das, was ich Isabel gerade erzählt habe, näher an der Wahrheit dran als alles andere.

16

Heute ist einer dieser Tage, die viel zu warm für die Jahreszeit sind. Freitag noch dazu, also quasi schon Wochenende. Außerdem sowieso Semesterferien. An Tagen wie diesen wird man richtig dazu gezwungen, rauszugehen, sich auf irgendeine Wiese zu setzen und die ersten Sonnenstrahlen einzufangen. Aber allein macht das keinen Spaß, also bleibe ich zu Hause und ärgere mich. Immerhin kann ich mich auf den Abend freuen. *Zeitpunk* haben wieder ein Konzert und natürlich gehen wir hin. Wobei „Konzert" übertrieben ist, sie spielen einfach wieder mal auf der Party von irgendwem. Mittlerweile gelte ich wohl als eine Art Groupie.

Isabel benimmt sich aufgeregter als ich. Ständig spricht sie von Mona. Will wissen, wann *Zeitpunk* genau spielen. Ob wir noch telefoniert haben. Wie ich mich fühle.

„Kannst du bitte mal aufhören? Es gibt auch andere Gesprächsthemen."

„Die wären? Weltpolitik? Die Klimaerwärmung?"

„Zum Beispiel."

„Komm schon, tu nicht so."

„Du nervst."

Und dann stehen wir wieder rum, trinken Zeugs mit und ohne Alkohol und quatschen mit Leuten, die wir vom Sehen oder überhaupt nicht kennen. *Zeitpunk* spielen und ich warte auf mein Lied, warte auf mein Lied, warte auf mein Lied. Als ich Silvie am anderen Ende des Raumes sehe, winke ich ihr demonstrativ zu, damit sie nicht wieder denkt, ich grüße sie nicht. Sie hebt ihre Flasche und prostet mir in der Luft zu.

„Singt sie dein Lied noch?“, fragt Isabel.

„Woher soll ich das wissen“, sage ich unfreundlich. „Ist doch egal. Glaubst du, ich warte drauf?“

„Ja klar, ist egal“, sagt Isabel und legt mir den Arm um die Schulter.

Zeitpunk spielen ihre Zugabe, die auch nicht mein Lied ist. Mona verbeugt sich, Musik aus der Dose geht an. Die Band baut ab, jemand drückt mir einen Joint in die Hand. Isabel ist irgendwohin verschwunden, also versuche ich, die Leute zu beobachten, ohne deprimiert zu werden. Das funktioniert leider nicht. Mit ausgestreckter Hand gehe ich durchs Lokal und suche Mona. Ich will dieses Scheißding loswerden. Mir ist schon schwindlig genug. Am liebsten würde ich es dem Nächstbesten in die Hand drücken.

Gerade als ich das tun will, steht plötzlich Mona vor mir. Mit einem Lächeln streckt sie den Arm aus und nimmt mir den Joint aus der Hand. Er ist schon längst ausgegangen. Sie schüttelt die Haare, zündet ihn wieder an und verschwindet. So schöne Menschen wie Mona gehören verboten.

Und dann sehe ich Isabel. Isabel, die sich Mona in den Weg stellt und ihr etwas sagt. Ich sehe Mona antworten. Sie unterhalten sich. Was zum Teufel haben die miteinander zu besprechen? Ich ahne nichts Gutes, aber mein Schwindelgefühl übertönt alles andere und ich setze mich auf den Boden, lehne mich an die Wand und schließe die Augen. Eine Weile nur Stimmengewirr in den Ohren, Beats im Magen und, wenn ich blinzle, Füße vor den Augen.

Dann: Mona-Parfüm in der Nase, Mona-Atem im Gesicht. Ich blinzle wieder, keine Füße, dafür Mona, die vor mir hockt und mir ins Gesicht bläst, um mich aufzuwecken. Ich lächle schwach.

„Alles okay?“

Ich nicke. Bei genauerer Betrachtung stelle ich fest, dass ich die Frage auch selbst stellen könnte. Aber Mona hält sich besser. Sie lässt sich fallen, plumpst neben mich an die Wand und grinst mich an. „Anuschka.“

Bevor ich etwas sagen kann, zuckt sie zusammen und kramt in einer ihrer vielen Hosentaschen nach ihrem Handy.

„Du wirst nichts verstehen“, sage ich.

Aber Mona hält das Handy ans Ohr und versucht, trotz des Geräuschpegels zu telefonieren. Sie schreit ein paarmal ins Handy, betrachtet dann das Display. „Nicht mal Empfang hier“, sagt sie. Sie schüttelt das Handy und versucht es noch mal.

„Schütteln hilft nicht.“

Sie grinst. Und dann beugt sie sich zu mir, ohne Vorwarnung. Alles beginnt sich zu drehen, um sie, um mich. Ich spüre ihre Lippen auf den meinen. Vor Schreck zucke ich fast zurück.

‚Mona küsst dich gerade', melden meine Synapsen. ‚Du küsst Mona. Ihr küsst einander.'

Monas Lippen sind ganz anders, als ich sie mir vorgestellt habe. Nicht warm und weich, sondern kühl und rau. Ihr Atem schmeckt nach Bier. Nicht schlecht, aber so richtig gut auch nicht. Bis ich fertig gedacht habe, hat Mona mich auch schon wieder fertig geküsst. Sie schaut mich selig an und lässt dann ihren Kopf auf meine Schulter fallen. Hinten an der Wand sehe ich Isabel versonnen lächeln. Sie fühlt sich wohl in ihrer Rolle als Kuppeltante. Ich versuche, zu überprüfen, wie ich mich fühle, aber ich weiß es nicht. Ich weiß, wie ich mich fühlen sollte. Überglücklich, weil Mona mich endlich geküsst hat. Aber glücklich bin ich nicht. Monas Kopf hängt wie ein Sack auf meiner Schulter, sie kuschelt sich an mich.

„Was hast'n du geschluckt?", frage ich sie.

Der Kopf hebt sich und die Augen sehen mich an. „Gar nichts", sagt Mona mit gespielter Entrüstung. „Meinst du, ich würde dich nicht küssen, wenn ich nüchtern wäre?"

Allerdings, genau das meine ich. „Unter nüchtern verstehe ich aber was anderes."

„Mein Gott, die paar Bier." Mona lässt ihren Kopf wieder zurückplumpsen.

Ich fühle mich verarscht. So blöd bin ich auch wieder nicht, dass man mir alles einreden kann. Allerdings kenne ich mich nicht gut genug aus, um ihr auf den Kopf zusagen zu können, was sie intus hat. Auf ihren Kopf, der schwer auf meiner Schulter liegt und mich nur noch nervt.

Ich schüttle mich ein wenig, bevor ich aufstehe, damit der Kopf noch eine Chance hat, sich zu heben und auf Monas Hals zurückzukehren, wo er hingehört. Ich will einfach nur weg, weit weg von Mona, die mir erstaunt nachschaut, die Achseln zuckt und nach ihrer Bierflasche greift. Weit weg von Isabel, deren seliges Kupplerinnen-Lächeln in ihre Stirn gewandert ist und dort Falten legt, verwirrte Freundinnen-Falten. Isabel verlässt ihren Platz an der Wand, ich muss mich beeilen. Das fehlt mir jetzt gerade noch, eine Diskussion mit Isabel. Jetzt, wo sie endlich glaubt, kapiert zu haben, wieso ich an Männern nicht interessiert bin, tue ich ihr so was an. An der Frau, die ich immer wollte, auch nicht interessiert zu sein.

Ich drücke mich an den Leuten vorbei zum Ausgang, spüre noch Isabels erstaunten Blick im Rücken und dann schlägt mir auch schon die kühle Nachtluft entgegen. Mein Schwindelgefühl legt sich etwas. Erst jetzt merke ich, wie stickig es drinnen gewesen sein muss.

Beinahe rutsche ich im Matsch aus. Schöne Scheiße. Ich beginne zu laufen, die Richtung ist egal, also laufe ich bergab. Schnell von der großen Straße weg, die um diese Uhrzeit sowieso menschenleer und ohne Autos ist, in die kleinen Gassen hinein, und weiter und weiter, bis mir die Luft ausgeht und ich sicher bin, dass Isabel mich hier nicht findet.

Am nächsten Morgen wache ich schon um acht Uhr früh auf. Ich habe vergessen, die Jalousien runterzuziehen, und der Morgen draußen vor dem Fenster attackiert mein Zimmer mit Sonnenstrahlen. „Scheiße", murmle ich und ziehe mir die Decke über den Kopf. Ich bin zu verkatert, um aufzustehen und es dunkel zu machen.

Ich stelle mir vor, ich schlafe noch mal ein. Mein Handy klingelt. Unwillig tappe ich mit einer Hand aus meiner Kissenburg. Der Wecker zeigt 15.40. Zeit, aufzustehen und Anrufe entgegenzunehmen. Nachdem das Display „Mona" anzeigt, tue ich das auch.

„Mhm", brumme ich verschlafen ins Telefon.

Eine raue Stimme meldet sich, ebenso verschlafen und verkatert wie die meine. „Hallo, ich bin's, Mona."

„Oh, hallo Mona."

Kurzes Schweigen beiderseits.

„Ähm, ich wollt dich anrufen, weil Isabel mir gesagt hat, dass du gestern plötzlich nicht mehr da warst. Wollt nur wissen, wie's dir geht."

„Geht so. Hab ziemlich Kopfweh."

Mona am anderen Ende der Leitung lacht. „Ich auch. Was war denn gestern? Ich kann mich an überhaupt nichts mehr erinnern."

„Dachte ich mir. Wir haben uns geküsst."

„Wer, wir? Du mich?"

„Na ja, eigentlich eher du mich. Und dann bist du eingepennt."

Das stimmt zwar nicht ganz, aber wenn sie sich sowieso nicht erinnern kann, ist es ja egal.

„Oh." Sie zögert. „Bist du jetzt sauer?"

„Wieso sauer? Weil du mich geküsst hast?"

„Nein, weil ich eingepennt bin. Und weil ich mich nicht mehr erinnern kann."

„Na ja, sauer nicht wirklich. Aber so toll war's auch nicht."

„Tut mir leid. Ähm, Anna?"

„Ja?"

„Was machst du denn gerade?"

„Ich lieg noch im Bett. Und das wird wohl noch eine Weile so bleiben. Hab gestern echt zu viel erwischt. Aber wem sag ich das."

Ich lache künstlich.

„Ich würd dich gern sehen. Das mit gestern ist mir ziemlich unangenehm."

„Ist schon okay. Du kannst vorbeikommen, wenn du willst."

„Sind deine Eltern nicht da?"

„Keine Sorge, die sind irgendwo wandern und kommen so bald nicht zurück. Raus kriegst du mich nämlich auf keinen Fall."

Schweigepause. „Okay. Ich hab eh selbst noch nicht so viel geschlafen. Kann mich ja bei dir auch noch mal hinlegen."

„Klar, kein Problem."

„Dann komm ich also mal vorbei."

Die Realität ist natürlich ganz anders. Meine Eltern sind nicht wandern, sondern sitzen im Wohnzimmer und lesen Zeitung. Zum Wandern ist es auch noch viel zu kalt. Mona ruft sowieso nicht an. Bei mir schlafen würde sie schon gar nicht. Ob sie sich an gestern erinnern kann, weiß ich nicht. Ich bemühe mich, mir einzureden, dass es mir egal ist.

Es ist noch immer acht Uhr früh.

Statt zu schlafen, denke ich weiter, wie es sein sollte:

Mona liegt also neben mir im Bett. Wie gut, dass mein Bett breit genug ist. Sie ist sofort eingeschlafen. Bei ihr zu Hause war die Hölle los, Familienfest mit allem Drum und Dran, da ist sie gleich abgehauen und hat versucht, ein bisschen im Park zu pennen. Dafür war's aber noch zu kalt. „Oh, kuschelig warm", hat sie gerufen und ist sofort zu mir ins Bett gesprungen. Und jetzt schläft sie. Liegt einfach neben mir. Versucht nicht, mir ihre Zunge in den Mund zu stecken. Hängt nicht an meiner Schulter. Setzt sich nicht auf meinen Schoß. Grapscht nicht an meinem Hinterkopf herum. Liegt einfach nur und schläft. Ihr Atem geht ruhig, eine Feder aus meinem Kopfkissen bewegt sich jedes Mal, wenn sie ausatmet. Ihre Haare liegen ausgebreitet auf dem weißen Stoff und ich darf endlich mal hineingreifen. Ich streiche ihr über die Haare, über die Wange und über die Schultern. Ich sitze einfach nur da und schaue sie an. Ganz lange schaue ich, schaue mich satt an der heutigen Mona, die mir so viel lieber ist als die gestrige. Dann lege ich mich wieder hin und lege den Arm um sie. Sie seufzt und kuschelt sich an mich.

So wäre es, wenn es wäre, wie es sein sollte. Leider ist es aber, wie es ist.

Ein Anruf lässt mich hochschrecken. Der Wecker zeigt Mittag, ich muss wohl doch wieder eingeschlafen sein. Die Sonnenstrahlen sind gewandert. „Isabel" zeigt das Display. Warum habe ich bloß mein Handy nicht abgeschaltet? Ach, stimmt, wegen Mona. Als ob die anrufen würde.

„Hallo?" Ich klinge weit weniger verschlafen und verkatert, als ich glaube.

„Hi, Anna. Ist alles in Ordnung?"

„Ja. Danke fürs Aufwecken."

„Dreh doch ab, wenn du nicht gestört werden willst. Was war denn los gestern? Warum bist du so schnell abgehauen?"

„Isabel, ich bin echt zu müde für dieses Telefongespräch. Reden wir später darüber. Wieso bist du so verdammt munter?"

„Weil ich jeden Morgen meine Vitamine schlucke. Ich komme einfach bei dir vorbei und bring dir welche mit. Du wirst sehen, das wirkt Wunder."

Ich stöhne. „Ich weiß nicht, ob das so eine gute Idee ist." Doch Isabel hat schon aufgelegt. Sie braucht eine Mission für jeden Tag. Ihre gestrige Mission war, Mona und mich zu verkuppeln. Ihre heutige Mission ist es, sich um mich zu kümmern.

Also sitzt eine halbe Stunde später statt Mona Isabel auf meiner Bettkante und versucht, mir eine Flüssigkeit einzuflößen. Sie hat eine eingeschweißte Brausetablette aus ihrer Verpackung befreit und in Wasser aufgelöst, um mit der Rettung meines Tages zu beginnen.

Davor war sie bei meinen Eltern im Wohnzimmer und hat sich über das aktuelle Weltgeschehen informiert. Meine Mutter liebt Isabel. Meine Mutter liebt alle, die ich nach Hause bringe. Meine Mutter liebt es, Menschen zu lieben. Egal, ob sie liebenswerte Dinge tun oder nicht.

Das Brausegetränk schmeckt eklig. Ich schüttle mich. „Brrr."

Isabel sieht mich mitleidig an. „Geht's dir schon besser?"

„Mir ging es nicht schlecht", brumme ich. „Aber jetzt fühle ich mich wie im Paradies, danke."

Isabel ignoriert meinen Tonfall. „Na, dann ist es ja gut."

Zu meinem Erstaunen will Isabel nicht mehr mit mir über gestern reden. Sie sieht mich ein paarmal besorgt an und setzt an, etwas zu fragen, fragt aber nicht. Ich erzähle auch nichts. Was denn auch. Das, was passiert ist, hat sie ja gesehen. Mehr weiß ich auch nicht.

Und dann fällt es mir siedend heiß ein: Heute ist Samstag. Oksanas Party-Samstag.

Soll ich da wirklich hingehen? Ich habe keine große Lust, heute noch die Wohnung zu verlassen. Andererseits: Schlechter als gestern kann es nicht werden.

Isabel macht keine Anstalten, zu gehen. „Du, ich bin voll fertig, ich glaub, ich muss mich gleich wieder hinlegen", sage ich ein paarmal. Isabel nickt und spielt auf ihrem Handy herum.

Schließlich lege ich mich demonstrativ ins Bett und ziehe mir die Decke über den Kopf. Ich höre, wie Isabel das Zimmer verlässt und leise die Tür hinter sich zuzieht. Geschafft!

Dann höre ich Isabel und meinen Vater im Wohnzimmer. Den Geräuschen nach zu schließen, spielen sie Karten. Verdammt.

Gefühlte Stunden liege ich noch in meinem Zimmer, bis ich schließlich höre, wie Isabel sich verabschiedet und die Haustür hinter ihr ins Schloss fällt.

Ich wanke ins Vorzimmer. Aus dem Badezimmer ist lautes Plätschern und die noch lautere Stimme meiner Mutter zu hören, die vor sich hin singt.

„Mum“, rufe ich ungehalten.

Das Plätschern wird leiser, das Singen verwandelt sich in ein Summen. Ihre Fröhlichkeit geht mir auf die Nerven. Wieso duscht sie sich überhaupt jetzt, wo ich ins Bad will? Normale Menschen duschen morgens oder abends, aber nicht mitten am Tag. Plätschern und Stimme werden wieder lauter.

„Mum!“ Ich schlage mit der Faust gegen die Badezimmertür. „Du singst falsch!“, schreie ich und fluche gleich darauf leise vor mich hin, weil meine Hand den Schlag nicht ganz so passend fand wie ich.

Die Badezimmergeräusche verstummen, die Tür öffnet sich. Heraus schaut der tropfnasse Kopf meiner Mutter. „Guten Morgen!“, ruft sie übertrieben fröhlich.

Ich schaue sie mit zusammengekniffenen Lidern unfreundlich an. „Kannst du dich nicht leise duschen wie alle anderen Menschen auch?“, knurre ich.

Meine Mutter lacht.

„Wo sind wir hier, bei der Inquisition?“, fragt sie gespielt naiv, um gleich wieder hinter der Tür zu verschwinden. Die Zeit hat gerade gereicht, um eine Pfütze vor der Badezimmertür zu hinterlassen, die sich langsam in die Richtung meiner Zehen bewegt.

„Die Inquisition ist ganz was anderes!“, brülle ich gegen die Tür. Ich höre meine Mutter lachen. „Du hast recht“, ruft sie heraus. „Aber das Wort klingt nett, findest du nicht.“ Gleich darauf gurgelt sie lautstark „Inqui-si-tion“.

Was mich an meiner Mutter am meisten nervt, ist, dass ich nie weiß, wann sie sich über mich lustig macht und wann sie einfach nur witzig sein will. Manchmal denke ich, sie macht sich ständig über mich lustig. Dann wieder denke ich, das ist einfach ihre Methode, mit dem Alltag umzugehen. Alles von der lustigen Seite zu sehen und auch über Dinge zu lachen, die absolut nicht witzig sind. Welche der beiden Varianten ich glaube, hängt sehr von meiner Stimmung ab. Meine derzeitige Stimmung bringt mich stark dazu, Variante eins zu glauben. Sie macht sich über mich lustig. Und das kann ich momentan wirklich nicht gebrauchen.

„Ich fahr am Abend noch zu Isabel“, sage ich später. „Vielleicht übernachte ich auch dort.“

„Gehst du wieder Party machen?“, fragt mein Vater grinsend.

„Sicher nicht“, fahre ich ihn an, unfreundlicher als geplant.

„Wird man doch noch sagen dürfen", entgegnet mein Vater. „Du hüpfst im Moment ja wirklich von einer Feier zur nächsten." Er klingt stolz.

Ich schüttle den Kopf. Ich suche doch nur die eine. Die, die man erlebt haben muss. Die Party meines Lebens. Danach kann ich das mit den Partys gern auch wieder lassen.

17

Als ich Oksanas Zettel aus der Hosentasche fische und auf dem Stadtplan nach der Adresse suche, stelle ich fest, dass die Party am anderen Ende der Stadt stattfindet. U-Bahn-Endstation und dann noch zu Fuß. Klingt nach langer Anfahrt. Aber inzwischen bin ich fest entschlossen, hinzugehen.

Erst als ich bereits in der U-Bahn sitze, schießt es mir durch den Kopf, dass es gar nicht gesagt sein muss, dass Ivan überhaupt zu der Party geht. Er hat zwar ‚gerne' gesagt, aber das kann auch Höflichkeit gewesen sein. Oder er hat es ernst gemeint, hat aber Kopfweh bekommen. Oder sein Wellensittich ist gestorben. Vielleicht darf er abends auch gar nicht so lange weg.

Aber zum Umkehren ist es jetzt zu spät.

Trotzdem will ich nicht Gefahr laufen, allein ohne Ivan auf der Party rumzustehen. Mich ungebeten einzuladen war schon peinlich genug. Ich beschließe, auf ihn zu warten. Schließlich muss er mit dieser U-Bahn-Linie kommen, etwas anderes führt hier nicht hin. Es sei denn, er wohnt in der Nähe, wovon ich nicht ausgehe. Oder er wird mit dem Auto chauffiert. Genauso unwahrscheinlich.

Also warte ich. Ich positioniere mich beim hinteren Aufgang, so dass der ganze Zug an mir vorbeifahren muss und ich in alle Waggons hineinsehen kann, noch bevor er anhält. Außerdem muss man diesen Aufgang rauf, wenn man zu Oksana will.

Eine U-Bahn fährt ein, die nächste, die übernächste. Ivan kommt nicht. Ich beobachte die Leute, versuche herauszufinden, wer von ihnen zu Oksanas Party gehen könnte und wer nicht. Aber da ich keine Ahnung habe, was für eine Art von Party es sein wird, fällt mir die Einschätzung schwer. Ich bete darum, dass nur ich es bin, die beobachtet, und dass niemand mir zusieht und sich fragt, ob ich bescheuert bin.

Mit jeder einfahrenden U-Bahn verliere ich den Glauben daran, dass es Sinn macht, was ich hier tue. Vielleicht ist Ivan ja viel früher gekommen und amüsiert sich schon seit Stunden bei Oksana? Ich ärgere mich über mich selbst. Stehe an einem Samstagabend in einer U-Bahn-Station und zähle die Züge. Sehr spannend.

Ich bin bestimmt schon eine Stunde hier, ich sollte nach Hause fahren. Noch drei Züge, sage ich mir. Drei und nicht mehr.

Eins.

Zwei.

Drei.

Jetzt sollte ich gehen.

Vier.

Fünf.

Sechs.

Und endlich, da kommt er. Mindestens zehnmal habe ich schon geglaubt, ihn in einem Waggon zu erkennen, und musste dann feststellen, dass der, der ausgestiegen ist, ihm nicht mal besonders ähnlich gesehen hat. Einmal war es eine ältere Frau, die von Statur und Haarschnitt ein einziger Ivan-Klon war. Diesmal ist er es wirklich. Er steigt aus und bleibt vor den Schildern stehen, die anzeigen, welche Ausgänge es gibt. Ich gehe ihm entgegen und tippe ihm auf die Schulter.

„Hallo Ivan", sage ich, als er sich umdreht.

Er sieht mich überrascht an. „Hey. Hallo", sagt er erfreut. „Warst du in derselben U-Bahn?"

Ich nicke und lächle. Es lebe der Zufall.

„Find ich gut, dass du da bist", sagt Ivan.

„Find ich auch."

Jetzt müsste ich meine Story anbringen von den Leuten, die ich eigentlich mitnehmen wollte, aber die jetzt plötzlich die kranke Katze pflegen müssen oder überraschenden Besuch von der Oma bekommen haben und deshalb doch nicht da sind. Irgendeine Erklärung dafür, wieso ich allein auf eine Party gehe, wo ich niemand kenne.

Aber Ivan scheint keine Erklärung hören zu wollen. Er scheint es vollkommen normal zu finden, dass ich allein hier bin. Er ist ja auch allein gekommen.

Während wir das richtige Haus suchen, freue ich mich, dass der Schnee hier draußen noch richtig weiß ist und nicht matschig grau wie in den inneren Bezirken der Stadt. Ob es Oksanas Wohnung ist oder nur die Party hier stattfindet, wissen wir beide nicht. Ich stelle fest, dass Ivan nicht viel mehr über Oksana weiß als ich, obwohl er sich jeden Tag mit ihr unterhält.

Als Oksana die Tür öffnet, sehe ich hinter ihr mindestens zwanzig Personen unterschiedlichen Alters, die zu russischem Dancefloor tanzen. Ich bin perplex. Bis jetzt dachte ich immer, Oksana sitzt in ihrer Freizeit allein in ihrem Zimmer rum und ist deprimiert. So wie ich. Auf die Idee, dass sie Leute kennt, mit denen sie solche Partys feiert, wäre ich nie gekommen.

Ich stelle fest, dass ich viel zu warm angezogen bin, selbst wenn ich alle meine Schichten ausziehen würde und nur mehr in Jeans und T-Shirt dastünde. Ivan scheint dasselbe zu denken. Er wischt sich den Schweiß von der Stirn und lacht. „Puh!"

Oksana nimmt Ivan an der Hand und zieht ihn in die tanzende Menge. „Ich muss dir meine Freundin vorstellen." Mich ignoriert sie. Ich fühle mich blöd. Wahrscheinlich hat sie mich durchschaut.

Ich versuche, zu den Beats im Takt zu wippen, kriege aber keine Bewegungen hin, die zu dieser hektischen Musik passen würden. Also lasse ich es. Stattdessen gehe ich auf Getränkesuche. Im Gefrierfach des Kühlschranks finde ich Wodka. Orangensaft zum Mischen scheint es nicht zu geben. Auch keine Eiswürfel. Also leere ich Wodka pur in einen Becher und bemühe mich, beim Trinken nicht das Gesicht zu verziehen. Ich will so wirken, als würde ich das ständig tun. Das gelingt mir aber nicht und so bahne ich mir den Weg zur Toilette und spüle mir heimlich den Mund mit Wasser aus. Das warme Gefühl, das sich von meinem Magen her ausbreitet, bringt mich dazu, mir dennoch nachzuschenken und noch ein paarmal zu nippen. Danach kratze ich etwas Eis von der Innenseite des Gefrierfachs und stecke es mir in den Mund. Das hilft auch.

Ich lehne mich an die Wand, halte mich an meinem Becher fest und beobachte Ivan, wie er sich mit Oksanas Freundinnen unterhält. Er sieht nicht besonders glücklich aus. Das beruhigt mich.

Ich vertreibe mir die Zeit damit, die Wohnung zu inspizieren. Eine Türe ist verschlossen, vermutlich befindet sich dahinter das Schlafzimmer, das keine Party-Sauereien abkriegen soll. In einem kleinen Zimmer sind Kissen und Polster aufgeschichtet, aber niemand sitzt darauf. Das Zimmer hat eine Balkontüre, die aber auf keinen Balkon führt, sondern nur ein Geländer davor hat. Französischer Balkon nennt man so etwas, glaube ich. Was auch immer die in Frankreich sich dabei gedacht haben.

Als ich von meiner Besichtigung in den großen Raum zurückkomme, lehnt Ivan mit einem Becher in der Hand an der Wand, ziemlich genau an der Stelle wie ich davor. Ich gehe auf ihn zu und halte ihm meinen Becher entgegen. „Sa sdorowje“, sage ich, stolz, zumindest einen Ausdruck auf Russisch sagen zu können.

Ivan stößt mit mir an. „Prost.“

„Im Nebenzimmer ist es nicht so heiß“, sage ich laut, um die Musik zu übertönen.

Ivan macht eine Kopfbewegung, der ich entnehme, dass er es gut fände, dorthin zu gehen. Also gehe ich vor und er folgt mir. Ich mache die französische Balkontür auf. Kalte Luft strömt herein, eine angenehme Abwechslung. Wir setzen uns auf die herumliegenden Kissen.

Ivan schüttelt sich. „Ich glaube, bei dieser Musik ist Ohrenkrebs entstanden."

Ich lache. „Schräge Party, hm?"

„Du sagst es."

„Hat sie dich schon mal zu so was eingeladen?"

„Nein. Weiß nicht, ob ich sonst hier wäre."

„War's denn so schrecklich mit ihren Freundinnen?"

„Ging so." Er verzieht den Mund.

„Sag mal was auf Russisch", sage ich.

„Was denn?", fragt er. „Die meisten wollen Schimpfwörter wissen."

Ich zucke die Achseln. „Egal."

Er überlegt. „Priviet, moja sestra", sagt er dann.

„Klingt nicht nach Schimpfwort", sage ich.

„Ist es auch nicht."

Ich schaue ihn fragend an.

„Hallo, meine Schwester", sagt er.

„Und was heißt ‚mein Bruder'?"

„Moj brat."

„Priviet, moj brat", sage ich.

Ivan lächelt.

„Hast du eine Schwester?", fragt er dann.

Ich schüttle den Kopf.

„Gibt es eine Person, die du gern als Schwester hättest?"

Was für eine Frage. Darüber hab ich noch nie nachgedacht. Isabel? Nein? Mona? Als Schwester auf keinen Fall.

„Es gibt eine Person, aber die hätte ich nicht gern als Schwester“, sage ich schließlich.

Das ist keine logische Antwort, aber Ivan wirkt, als würde er mich verstehen.

„Als was hättest du sie denn gern?“, fragt er.

Ivan hat eine komische Art zu fragen. Er fragt so, dass man das Gefühl hat, ihm alles über sich erzählen zu wollen, sofort, auf der Stelle. Und gleichzeitig bin ich mir nicht sicher, was er machen wird mit all den Informationen, die er so sammelt, ohne viel von sich selbst preiszugeben. Ich weiß nicht, ob ich ihm von Mona erzählen soll.

Aber dann weiß ich es doch. Ich habe mich in die peinliche Situation gebracht, mich ungebetenerweise zu einer Party einzuladen, wo ich niemand verstehe. Ich muss eine Notlüge für Isabel erfinden, die nie verstehen würde, warum ich ohne sie zu einer Party gehe. Ich werde einen verdammt weiten Heimweg haben. Da soll ich nicht ausnutzen, dass Ivan zumindest im Moment so wirkt, als würde er mich verstehen?

„Ich weiß nicht, als was ich sie gern hätte“, sage ich. „Das ist ja das Problem.“

„Weiß sie, als was sie dich gern hätte?“

„Keine Ahnung. Falls sie’s weiß, sagt sie’s mir nicht.“

„Und fragen geht nicht?“

Es ist nicht das, was Ivan sagt, das mir das Gefühl gibt, verstanden zu werden. Es ist die Art, wie er es sagt.

Ich erzähle ihm, dass fragen nicht geht, weil ich Mona kaum je einmal für mich habe. Weil ständig andere Leute um uns rum sind. Dass sie ständig Dinge tut, aus denen ich nicht schlau werde. Vor Freude springen, wenn sie mich sieht. Mir eine Nachricht schreiben, dass ich sie verstehe. Mich umarmen und streicheln. Ein Lied für mich schreiben, oder zumindest so tun, als hätte sie das vor. Tut man das, wenn man von jemand gar nichts wissen will?

„Tut man eigentlich nicht", sagt Ivan leise. Und dann hört er auf zu fragen und schaut nur noch. Schaut einfach, mir genau in die Augen, als fände er die jetzt genau die richtige Stelle dazu. Ich schaue zurück, einfach so. Fühle mich mit einem Schlag wie Gummi. Mein Herz beginnt zu klopfen und ich denke, tu doch was, irgendwas, und dann kann ich plötzlich überhaupt nicht mehr denken. Was macht man denn, wenn man sich so fühlt? Muss man sich küssen? Man muss doch irgendetwas tun, außer schauen.

Aber dann ist es auch wieder vorbei, so, wie alles vorbeigeht, und Ivan wühlt in seinen Taschen, weil sein Handy vibriert, und dann hebt er ab.

Ich möchte Russisch schön finden, weil es Ivans Sprache ist, und gleichzeitig möchte ich es hässlich finden, weil ich es nicht verstehe.

„Mein Vater", sagt Ivan entschuldigend, als er aufgelegt hat. „Er wollte wissen, wo ich bin."

„Passt schon", sage ich, obwohl das nicht stimmt. Ich will, dass er wieder so schaut wie vorher, aber so schaut er nicht mehr. Er schaut ganz normal.

Als hätte er mir zu viel verraten, dreht Ivan sich um und deutet auf die Tür. „Gehen wir wieder rein?"

Ich nicke und schließe das Fenster, auch wenn ich nicht wirklich wieder hinein will.

Drinnen geht die Party weiter, als wäre nichts gewesen, nur dass mittlerweile schon mehr Leute betrunken sind als nüchtern. Wir beschließen heimzufahren. Oksana verabschiedet sich theatralisch von Ivan, obwohl sich weder sie noch ihre Freundinnen nach der ersten Begeisterung für ihn interessiert haben. Auch ich kriege eine Umarmung, wir wünschen einander schöne Ferien. Dann stehen wir auf der Straße. Da es Wochenende ist, fährt die U-Bahn die ganze Nacht. Schade. Ich würde gern mit Ivan stundenlang durch die Stadt laufen.

Ivans Jeans sind zu lang. Wenn er geht, steigt er hinten mit den Schuhen drauf. Was man ihnen auch ansieht. Eigentlich schlurft er viel eher, als dass er geht. Schön schlurft er.

Die letzte Frage des Tages ist: Wie verabschieden wir uns jetzt?

Verabschieden von meinen Eltern: Küsschen links und rechts.

Verabschieden von Mona: umarmen, bis fast die Knochen brechen.

Verabschieden von Silvie: zuzwinkern und Fernbedienung drücken.

Verabschieden von Isabel: „Tschau, du Sau" sagen und ihr in den Hintern treten.

Verabschieden von anderen: „Tschüs“ oder „Man sieht sich“, dazu ein bisschen winken.

Verabschieden von Ivan: ? ?? ???

Immerhin fahren wir noch ein Stück gemeinsam, da kann ich es mir ja noch überlegen. Aber mir fällt nichts ein. Eigentlich überlege ich auch nicht. Ich hoffe, dass sich das Problem von selbst löst. Dann muss ich aussteigen.

„Priviet, moj brat“, sage ich, weil mir nichts Besseres einfällt. Ich glaube nicht, dass man ‚*priviet*‘ zum Abschied sagen kann. Oder ‚*brat*‘ zu dem, was Ivan für mich ist.

Aber Ivan lächelt nur. „Priviet, moja sestra.“

Wir lächeln einander an. Ich versuche, gegen das „Zug fährt ab“ anzulächeln, aber es gelingt mir nicht. Also lächle ich die Tür an, hinter der er herauslächelt, lächle dem abfahrenden Waggon nach, in dem er wegfährt, lächle danach dem leeren U-Bahn-Schacht entgegen und den Rest des Heimwegs lächle ich einfach so vor mich hin.

Nach seiner Nummer habe ich ihn wieder nicht gefragt. Er mich auch nicht. War irgendwie nicht. Gab keine passende Situation.

18

Als ich aufwache, bin ich verwirrt. Kurz überlege ich, ob ich den gestrigen Abend vielleicht nur geträumt habe. Doch dann fällt mir ein, dass ich vor dem Einschlafen schon genauso verwirrt war.

Was war das mit Ivan?

Nichts, würde Isabel sagen. Ist doch nichts passiert.

Aber es ist auch nicht nichts passiert.

Habt ihr euch geküsst, würde Isabel fragen.

Haben wir nicht.

Na eben. Siehst du. Nichts ist passiert.

Ich dachte, du bist in Mona verliebt, würde sie sagen.

Dachte ich auch.

Denke ich auch noch immer.

Ich beschließe, meine Oma zu besuchen. Die wird mir weiterhelfen. Schließlich sind alte Frauen weise und lebenserfahren und können gute Ratschläge geben. Sagt man. In fast jedem Buch kommt spätestens bei der Hälfte eine alte, weise Frau vor, die der Hauptfigur weiterhilft. Ob Fantasy, Liebesroman oder Krimi, immer sind es die alten Frauen. Sie informieren über magische Kräuter und Amulette, mit denen man jeden Troll in die Flucht schlagen kann. Sie erzählen von ihrer ersten Jugendliebe, die sie leider aus den Augen verloren haben, und diese Geschichte öffnet der Hauptfigur die Augen und hilft ihr, zu ihren eigenen Gefühlen zu finden. Sie täuschen aus geheimnisvollen Gründen vor, Alzheimer zu haben, und können so jahrelang alles beobachten und dadurch dem Detektiv helfen, den Mörder zu überführen. Alte Frauen sind die Lebensretterinnen. Die Liebesretterinnen. Sie retten alles und alle. So steht's zumindest geschrieben.

Meine Oma ist nicht unbedingt der Typ weise Frau, aber sie ist die einzige alte Frau, die ich kenne, also habe ich keine Wahl. Vielleicht schafft sie es ja, zumindest meinen Tag zu retten. Als ich sie anrufe, ist sie überglücklich und freut sich, mich bekochen zu dürfen.

Meine Eltern freuen sich auch, dass ich gute Enkelin spiele. Meine Mutter gibt mir Geld, um am Bahnhof Blumen zu kaufen. Mein Vater wünscht mir viel Spaß.

Doch um Spaß geht es mir nicht. Ich will Weisheit, Weltwissen und nützliche Ratschläge. Ich bin fest entschlossen, das auch zu kriegen.

Meine Oma wohnt nur eine halbe Stunde mit dem Zug entfernt, trotzdem besuchen wir sie fast nie. Wir telefonieren regelmäßig und meine Mutter fährt ab und zu hin. Wenn sie abends von solchen Besuchen heimkommt, ist sie meistens gereizt und schlecht gelaunt. Meine Oma versteht nicht, dass meine Mutter meinen Vater geheiratet hat, obwohl sie „bessere Angebote" hatte, wie sie das nennt. Versteht nicht, dass meine Mutter mit ihrer Familie nicht in den leer stehenden ersten Stock ihres Hauses gezogen ist, sondern in der Stadt wohnen wollte. Dass sie sich als Bewährungshelferin mit straffälligen Jugendlichen beschäftigt, kann sie schon gar nicht verstehen. Nur mit mir, dem Enkelkind, ist sie zufrieden und beschenkt mich, wo immer sie kann.

„Weisheit, Weltwissen und Ratschläge", sage ich mir immer wieder vor, als ich im Zug sitze. Ich nehme mir vor, in allem was sie sagt Weisheit zu erkennen. Dazu werde ich mich sehr bemühen müssen. Aber schließlich hat sie genug Jahre auf dem Buckel, in denen sich Lebenserfahrung angesammelt haben könnte.

Meine Oma steht nicht am Bahnhof, aber zu ihrem Haus ist es nicht weit. Die Haustür ist nicht verschlossen, so ist das auf dem Land. Eine sympathische Angewohnheit. Ich beschließe, darin das erste Zeichen von Weisheit zu sehen. Im Vorzimmer ziehe ich die Schuhe aus und die Vorhänge zurück, die fast bis zur Hälfte zugezogen sind.

„Oma?", rufe ich.

Meine Oma kommt mir entgegen und wischt ihre Hände an ihrer Schürze ab, bevor sie mich umarmt.

„Anna!", ruft sie erfreut. „Schön, dass du auch einmal wieder herkommst."

Dann entdeckt sie, dass die Vorhänge offen sind und zieht sie wieder halb zu. „Da kann ja jeder hereinsehen", sagt sie vorwurfsvoll.

„Oma, gegenüber wohnt doch gar niemand", sage ich verständnislos. „Wer soll da etwas sehen?"

Meine Oma schüttelt verärgert den Kopf, was „Du versteht das nicht“ bedeuten soll. Ich verstehe es wirklich nicht und ärgere mich, dass sie gleich zu Beginn meines Besuchs so unweise Dinge tut.

Auch in der Küche sind die Vorhänge halb zugezogen. Ich setze mich an den Küchentisch und ziehe sie heimlich ein bisschen auf. Die mitgebrachten Blumen stelle ich in eine Vase. Meine Oma legt mir ein riesiges Schnitzel auf den Teller und stellt mir Himbeersaft hin. Viel Himbeersirup, ein bisschen Wasser. Ich stehe auf und fülle Leitungswasser nach. Im Salat ist außer viel Essig und Öl noch Zucker. Immerhin, das Schnitzel ist gut.

An der Wand hängen eine Menge Bilder. Von meinem Opa, der gestorben ist, als ich noch klein war. Von meinem Onkel Ernst und meiner Cousine Karo, die ich nur einmal gesehen habe, weil sie in der Schweiz wohnen und nie zu Besuch kommen. Von mir.

„Warum hast du kein Foto von Onkel Ernsts Frau?“, will ich wissen.

Meine Oma macht eine wegwerfende Handbewegung.

„Hatte er auch bessere Angebote?“

Meine Oma brummt etwas vor sich hin, das wieder „Du verstehst das nicht“ bedeuten soll.

„Ganz liebe Grüße vom Papa“, sage ich. „Die Blumen sind von der Mama.“

„Danke“, sagt meine Oma und nimmt die Blätter zwischen ihre Finger, wie um zu prüfen, ob sie auch wirklich echt sind. „Verbringt sie ihre Zeit noch immer mit diesen Kriminellen?“

„Oma, das ist ihre Arbeit. Sie hilft ihnen, damit sie nicht rückfällig werden."

Meine Oma schüttelt verständnislos den Kopf. „So ein Blödsinn", sagt sie. „Härtere Strafen müssen her. Eingesperrt und Schluss. Die bessern sich doch nie."

Das Gespräch beginnt schon völlig falsch. Auf diesem Gebiet wartet keine Weisheit auf mich.

„Schmeckt's?", fragt sie.

Ich nicke.

„Wie geht's denn in der Schule?", fragt meine Oma.

„Wie immer." Das ist auch kein besonders weises Gesprächsthema. Ich muss mir schnell was überlegen. „Oma, wie oft in deinem Leben warst du verliebt?"

Meine Oma schaut mich verständnislos an.

„Was du für Sachen fragst", sagt sie kopfschüttelnd und schenkt mir den klebrigen Himbeersaft nach. Wieder muss ich aufstehen, um Wasser dazuzugießen.

„Ich mein's ernst. Warst du in den Opa verliebt?"

Meine Oma lacht. „Ganz kurz, am Anfang vielleicht. Aber das geht schnell vorbei, glaub mir."

Oh ja, so beginnen weise Gespräche. Ich muss nur warten und schon wird sie mir eine absolut weise Geschichte über Liebe und Verzicht erzählen, sie wird ihre faltigen Hände auf den Tisch legen und ich werde in ihnen Lebenserfahrung sehen und werde meine Zuneigung zu ihr spüren. Sie wird unbewusst mit einer Hand über ihren Ringfinger streichen, dort, wo der Ehering war, weil sie meinen Opa doch länger geliebt hat, als sie zugibt. Ja, so wird es sein, und ich werde gestärkt und optimistisch aus diesem Gespräch hervorgehen.

Kompletter Schwachsinn. Meine Oma legt mir Schokotorte auf den Teller. Die ist zwar gut, aber als ich sie aufgegessen habe, zwingt sie mich, ein zweites Stück zu nehmen und ein drittes. Dann wird mir schlecht.

Sie redet von der Nachbarin, die ihre Bäume nicht stutzt, so dass ein paar Äste in ihren Garten wachsen.

„So ein blödes Weib", sagt sie. „Ich hab's ihr schon zwanzigmal gesagt."

„Äste sind doch was Schönes", sage ich vorsichtig, obwohl ich weiß, dass ich mir wieder ein „Das verstehst du nicht" einholen werde. Genau das passiert auch. Schön langsam werde ich ungeduldig. „Oma, willst du nicht etwas Weises sagen?"

Sie sieht mich verwundert an. „Wie bitte?"

„Etwas Weises."

Meine Oma lacht verständnislos und beginnt, Geschirr abzuwaschen. Ich stelle mich neben sie, um abzutrocknen.

„Lass nur, das trocknet von allein."

„Siehst du, das ist sehr weise", sage ich. „Viele Leute denken, dass man Geschirr unbedingt abtrocknen muss, aber es trocknet auch von allein."

„Das findest du weise?", fragt meine Oma.

Ich nicke heftig, aber ich muss mir eingestehen, dass es eine ziemlich kümmerliche Weisheit ist. Da muss doch mehr sein.

„Oma, in wie viele Leute gleichzeitig kann man sich verlieben?"

Weisheit, Weltwissen und Ratschläge. Bitte!

Meine Oma stellt den Teller aufs Abtropfbrett und

zieht den Stoppel. Das Wasser läuft gurgelnd ab, das Spülmittel bleibt als Schaumteppich im Becken. Das ist wohl die Antwort.

Mir reicht es. Alte Leute sind kein bisschen weise. Die Bücher lügen alle.

„Oma, ich muss jetzt leider gehen."

„Jetzt schon? Ich hab gedacht, wir könnten eine Runde Domino spielen."

Ich hebe bedauernd die Arme. „Ich hab morgen Geschichtetest, ich muss noch lernen", schwindle ich.

„Schade." Sie holt ein Glas selbst gemachte Marmelade und drückt es mir in die Hand. „Sag deiner Mutter, sie soll wieder mal vorbeischauen."

„Mach ich." Ich gebe meiner Oma einen Kuss. „Ich muss mich beeilen, sonst verpasse ich den Zug."

Sie winkt mir nach. „Danke für die Marmelade", rufe ich.

Ich habe ein schlechtes Gewissen. Sie kann ja nichts dafür, dass sie nicht weise ist. Sie ist lieb und nett und schenkt mir Marmelade. Trotzdem hätte ich es keine zehn Minuten länger bei ihr ausgehalten.

Im Zug setze ich mich neben zwei ältere Damen und lausche. Vielleicht ist meine Oma eine Ausnahme und ich finde hier, was ich suche. Aber die beiden unterhalten sich hauptsächlich darüber, wie süß ihre Enkelkinder sind. Als ich aussteige, sind sie dabei angelangt, Kochrezepte auszutauschen.

Wenn es so viele alte, weise Frauen gibt, wo halten die sich versteckt? Ich würde so gern einmal eine kennenlernen.

Zu Hause verkrieche ich mich in meinem Zimmer und verbringe den restlichen Tag damit, die Wand anzustarren. Lesen oder fernsehen will ich nicht, ich befürchte, eine Geschichte zu erwischen, in der mich die alten, weisen Frauen reihenweise anspringen. Von Wänden behauptet zumindest niemand, dass sie weiterhelfen können. Wände sind langweilig, aber sie sind wenigstens ehrlich.

Irgendwann wird mir das Starren zu blöd und ich klappe meinen Laptop auf.

‚Liebe' gebe ich in die Suchmaschine ein. Und erfahre Interessantes.

Zum Beispiel, dass die Liebe ein 118 km langer Nebenfluss der Nogat im ehemaligen Westpreußen ist. Aber auch ein 35 km langer Nebenfluss der Guber im ehemaligen Ostpreußen.

Sehr uneindeutig.

Liebe scheint außerdem ein beliebter Nachname für Architekten, Offiziere und Zahncremehersteller zu sein. Interessanterweise scheinen nur Männer so zu heißen.

(7696) Liebe ist aber auch ein Hauptgürtelasteroid.

Hauptgürtel wird die Ansammlung von Asteroiden und Zwergplaneten im Sonnensystem genannt, die sich zwischen den Planetenbahnen von Mars und Jupiter befindet.

Aha. Die Liebe ist also ein Asteroid in diesem Gürtel. Zumindest mit der Nummer 7696 davor. Gefällt mir irgendwie. Ich scrolle den Wikipedia-Artikel weiter nach unten.

Eine Raumfahrt durch den Hauptgürtel bedeutet in der Regel nur eine geringe Gefahr, wie die zahlreichen Raumsonden,

Als ich nach Hause komme, liegt meine Mutter auf dem Sofa, eingewickelt in eine dicke Decke.

„Krank?“, frage ich.

Meine Mutter schüttelt das Fieberthermometer. „Siebenunddreißig fünf.“

„Also quasi noch gesund.“

Sie lächelt schwach. „Im Moment schon noch. Aber ich glaub, es wird schlimmer.“

„Oje.“

Sie nickt. „Ja, oje. Vor allem weil wir Konzertkarten für heute Abend haben.“

Schön, dass sie mir so mitteilen, dass ich den Abend allein zu Hause verbringen werde. Ich mag Abende allein zu Hause nicht. Andererseits erwarten sie auch von mir nicht, dass ich um Erlaubnis frage, wenn ich weggehe, also kann ich das auch nicht von ihnen verlangen. Außerdem ist meine Mutter jetzt krank, also ist das Ganze sowieso hinfällig.

„Vielleicht magst du ja statt mir mit Papa hingehen?“

Ich zögere. Ich habe Lust auf Anna am Abend. Aber ob Anna am Abend sich blicken lässt, wenn mein Vater dabei ist, weiß ich nicht.

„Kannst es dir ja noch überlegen.“ Meine Mutter lässt sich in ihr Kissen sinken und legt sich den Arm über die Augen. Ich gehe in die Küche, um ihr Tee zu kochen.

Im Laufe des Tages steigt das Fieber auf über achtunddreißig Grad und mein Vater beschließt, die Karten verfallen zu lassen und bei meiner Mutter zu Hause zu bleiben.

Ich drehe die Tickets hin und her. Es ist nicht die Art von Konzert, auf das ich normalerweise gehe. Normalerweise gehe ich aber auch nur zu Monas Konzerten, insofern wär's vielleicht mal eine Abwechslung.

Vielleicht sollte ich Silvie fragen, ob wir gemeinsam hingehen? Zumindest weiß ich, dass ich von ihr verlässlich eine Antwort bekomme. Beim Gedanken an Silvie breitet sich ein warmes Gefühl in meinem Bauch aus.

Als ich ihr eine Nachricht schicke, ruft sie sofort zurück.

„Was für ein Konzert wär das denn?", will sie wissen.

Ich lese vor, was auf den Tickets steht.

„Der Name sagt mir nichts, aber ich denke, Jazz oder so."

Silvie lacht.

„Oder so?"

„Natürlich nicht ‚oder so'", verbessere ich mich. „Jazz."

„So Düdel-düdel-Jazz?"

„Woher soll ich das wissen? Ist Jazz nicht immer düdel-düdel?"

Silvie lacht wieder.

„Keine Ahnung, ist nicht so mein Spezialgebiet."

Sie fragt, sie antwortet, sie lacht. Ich auch. Es ist so einfach, mit Silvie zu telefonieren.

„Ich muss fragen, ob ich noch wegdarf, ich meld mich gleich wieder."

Zwei Minuten später kommt eine Nachricht.

„*Adresse und Uhrzeit bitte – ich komme.*"

Zwei Stunden später sehe ich sie vor dem Eingang des Jazzkellers stehen und warten. Schön, dass mal jemand vor mir da ist.

Silvie umarmt mich zur Begrüßung und blickt verstohlen auf die Leute, die neben uns stehen. Sie sind alle mehr oder weniger schick angezogen, manche haben Sektgläser in der Hand.

Ich grinse.

„Ich glaube, wir senken das Durchschnittsalter radikal."

Wir stopfen unsere Jacken in die Rucksäcke und schmuggeln sie an den Kartenabreißerinnen vorbei. Eigentlich darf man keine Taschen in den Saal mitnehmen, aber wir haben keine Lust, uns für die Garderobe anzustellen.

Dann setzen wir uns hin, unsere Rucksäcke unter den Sitzen. Auf der Bühne die Sängerin, dahinter drei alte Männer. Einer fährt die Saiten seiner Gitarre entlang, sein Knie wippt wild auf und ab. Der zweite hat die Augen zusammengekniffen und bearbeitet mit offenem Mund das Klavier. Der Schlagzeuger streicht mit dem Besen über die Becken. Die Sängerin stellt erstaunliche Dinge mit ihrer Stimme an. Das Publikum bewegt sich im Sitzen.

Ich gähne. Vermutlich bin ich mit einem Gendefekt geboren und kann das, was ich hier höre, nicht richtig verarbeiten. Es bleibt mir schleierhaft, wieso die anderen Leute hier so begeistert zu sein scheinen.

Zum Glück scheint Silvie unter dem gleichen Defekt zu leiden wie ich. Sie wippt mit dem einen Bein, dann mit dem anderen. Kratzt sich am Kopf. Reibt sich die Nase.

Ich kichere leise. Silvie dreht sich zu mir.

„Was?"

„Nichts", flüstere ich. „Ich find's nur lustig."

„Die Säcke auf der Bühne?", fragt Silvie verständnislos.

Ich schüttle den Kopf. „Egal."

Silvie riecht gut. Ich atme tief ein.

Der Typ neben mir sieht zu uns herüber und grinst. Ich bemühe mich, mich auf die Musik zu konzentrieren, aber da ist nichts, woran ich mich festhalten könnte.

Silvies Arm, der auf der Armlehne liegt, ist viel spannender. Vorsichtig lege ich meinen daneben. Meine Härchen an ihren Härchen. Silvie sieht mich aus den Augenwinkeln an und lächelt.

„Glaubst du, die Sängerin da würde auch lieber am Schlagzeug sitzen?", frage ich. „So wie Mona?"

Silvie nickt. „Bestimmt."

Es fühlt sich gut an, neben Silvie zu sitzen. Auch wenn ich von der Musik Kopfweh kriege.

Der Typ neben mir schaut noch immer.

Das Licht geht an. Pause. Ich wusste nicht, dass es so etwas bei Konzerten gibt. Wir haben keinen Pausenplan, also stellen wir uns an die Bar. Der Typ von vorhin stellt sich dazu und bestellt Weißwein für sich und seinen Freund.

Er grinst uns wieder an.

„Ist nicht so eure Musik, oder?"

Wir grinsen zurück.

„Ist schon okay“, sagt Silvie.

„Mal was anderes“, sage ich.

Der Typ lacht.

„Auf gut Deutsch: totale Scheiße“, sagt er.

Wir nicken verlegen.

„Aber gute Scheiße“, sage ich.

Der Typ lacht noch mehr.

„Na, dann ist ja noch nicht alles verloren.“

Er legt den Arm um seinen Freund, so, als wollte er uns zeigen: „Schaut her, so einfach geht das“. Dann drehen sich die beiden um und schlendern zu den Sitzgelegenheiten.

Ich stelle mich zum Ausgang, weil ich drinnen keinen Handyempfang habe. Tatsächlich, eine Nachricht. Ivan.

„*Wieder mal Bibliothek?*“, schreibt er. Und: „*Meine Sommersprossen warten.*“

Silvie stellt sich neben mich und schaut durch die Glastür. Draußen hat es zu schneien begonnen.

Ich lächle. Lächle Silvie ins Gesicht. Sie legt mir den Arm um die Schultern. So einfach geht das.

„*Morgen 9h*“, schreibe ich Ivan zurück. „*Ich freu mich.*“

Dann deute ich in Richtung Konzertsaal.

„Willst du nach der Pause da wieder rein?“

Silvie legt den Kopf schief.

„Geht so. Willst du?“

„Muss nicht unbedingt sein.“ Ich schüttle den Kopf. „Aber was machen wir stattdessen?“

Silvie lächelt und zieht die unsichtbare Fernbedienung aus der Jackentasche. Hält sie gegen die Glastür und drückt darauf. Sie stülpt sich die Kapuze über den Kopf. Dann nimmt sie mich an der Hand und zieht mich aus dem Lokal.

„Keine Ahnung", sagt sie. „Aber uns wird schon etwas einfallen. Man muss ja nicht immer was Konkretes tun."

Danke an

Katja für das wunderbare Lektorat

Judith für Jour fixe und überhaupt

Aimee für den ganz anderen Blick auf alles

Georg fürs Sein im Allgemeinen und Lesen im Speziellen

das Projekt *schreibzeit* für den ersten Input

das BMU:KK für das Mira-Lobe-Stipendium zu diesem Text

und an alle anderen auch.